书·美好生活
Book & Life

书,当然要每日读。

恋爱推理珍稀集

黑珍珠

[日] 连城三纪彦 著
方旭 译

北京时代华文书局

图书在版编目（CIP）数据

黑珍珠/（日）连城三纪彦著；方旭译. -- 北京：北京时代华文书局，2025.6. （2025.8 重印） -- ISBN 978-7-5699-6091-4

Ⅰ. I313.45

中国国家版本馆 CIP 数据核字第 2025AD1315 号

KUROSHINJU-RENAI SUIRI RARE COLLECTION
BY Mikihiko Renjo
Copyright © 2022 Yoko Mizuta
Original Japanese edition published by CHUOKORON-SHINSHA, INC.
All rights reserved.
Chinese (in Simplified character only) translation copyright © 2025 by Beijing Time-Chinese Publishing House Co., Ltd.
Chinese (in Simplified character only) translation rights arranged with CHUOKORON-SHINSHA, INC. Through BARDON CHINESE CREATIVE AGENCY LIMITED, HONG KONG.

北京市版权局著作权合同登记号 图字：01-2024-0025

Hei Zhenzhu

出版人：陈　涛
策划编辑：陈丽杰
责任编辑：谭　爽
责任校对：初海龙
封面插画：李　晶
装帧设计：咚　艾
责任印制：刘　银　訾　敬
出版发行：北京时代华文书局 http://www.bjsdsj.com.cn
　　　　　北京市东城区安定门外大街 138 号皇城国际大厦 A 座 8 层
　　　　　邮编：100011　电话：010-64263661　64261528

印　　刷：	河北京平诚乾印刷有限公司		
开　　本：	880 mm×1230 mm　1/64	成品尺寸：	104 mm×145 mm
印　　张：	6.75	字　　数：	175 千字
版　　次：	2025 年 6 月第 1 版	印　　次：	2025 年 8 月第 3 次印刷
定　　价：	59.00 元		

版权所有，侵权必究

本书如有印刷、装订等质量问题，本社负责调换，电话：010-64267955。

目录

·003 一兰　·067 纸的告别　·127 黑珍珠　·165 防卫过当　·177 爱群的女人　·245 紫车　·311 媚药

I

II

·339 单恋 ·355 无花之叶 ·371 浆洗 ·385 结婚式 ·401 白色的诗 ·409 归路 ·417 初恋

I

一　ひとつ蘭

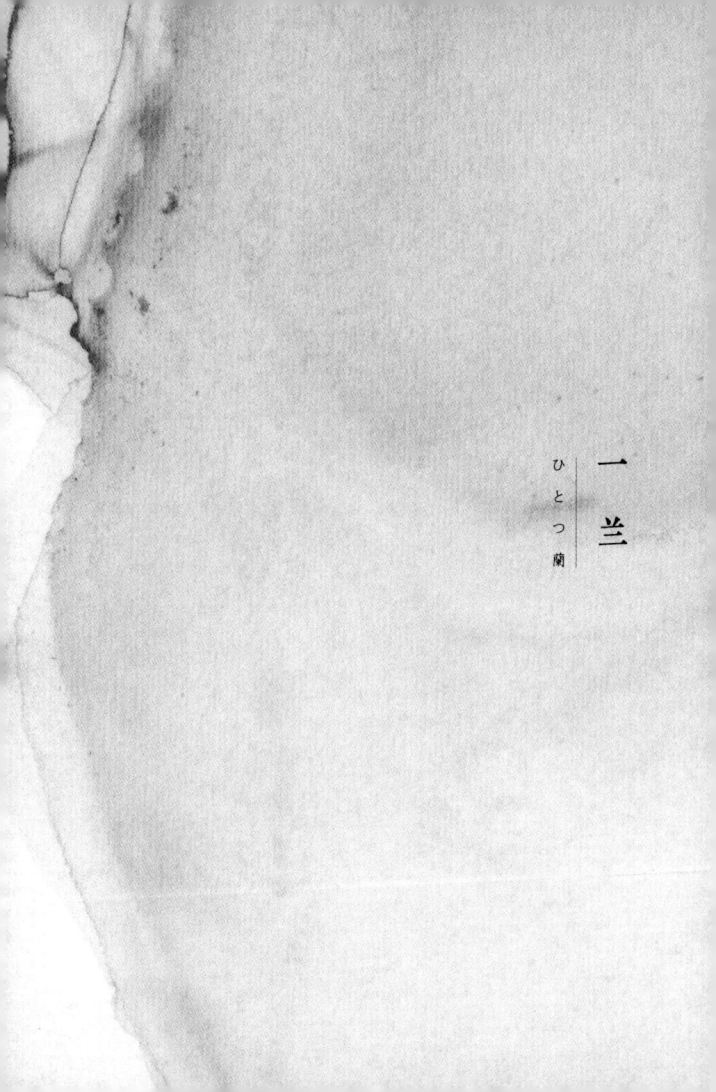

"知道了。那么，恭候您的光临。"

电话里对方回答"嗯"，但话尾拖着余韵，柚子不好挂断电话，只好试着重新说："还是派人去接您吧？"

刚才，柚子突然接到一个从汤河原站打来的电话，对方问："那个，我是一个人出来旅行的，今晚您那儿有空房间吗？"

嘶哑且尖细的女声令人联想到年纪相当大的女性，从车站到旅馆五分钟的步行路程，似乎也会迷路。

"不，没必要的……以前我在贵店住过两三次……走着走着应该就能找到路。"

声音像是零零碎碎的线段接续起来的。

"您说的'以前'，是什么时候呢？七年前，店里的玄关改建过。"

"但是……一兰，还是和从前一样吧？"

"嗯。"

柚子瞥了一眼玄关处的暖帘。她觉得，要是对方还记得这花纹，应该就不要紧，于是再次说："那么，恭候您的光临。"便挂了电话，等待对方的到来。七年前玄关改建后，柚子嫁入这里经历的第一次失败，是因为她与团体预约的熟客通电话时比对方先挂断了电话，让对方十分生气。比起失败本身，更伤人的，是婆婆喜世为此第一次露骨地说了对她不悦的话："果然，以前的工作也只是嫁人之前姑且做做的，这样的人干不了我们这种工作呢。你不会也是抱着这种糊弄的心态嫁进我们家的吧？"从那以后，不管是谁打来的电话，柚子都不会先于对方挂断电话。

但是今天，这通电话里只有明显的杂音传来，却一点挂断的意思也没有。

"那个，请问还有什么事吗？"

柚子试着问道。但对方没有回答。等了将近一分钟，柚子挂断了电话。

好像是用车站前的公用电话打来的，大概是对方忘了挂上话筒吧。

这么想着，一瞬间，她又怀疑对方是故意将话筒放着不挂的。不知怎么，她心中忽然浮现出这样的场景：像冬天的枯草般苍白的手指，轻轻地把话筒搁在公共电话亭里的置物板上，然后掩住嘴，已经老去却依旧美丽的脸上，瞬间露出恶作剧般的微笑……

因此，当十分钟后，掀开暖帘进来的是一位体格硬朗的老人时，柚子没能把这张脸和打电话那人对上号。

"那个，我是刚刚从车站前打来电话的人。"

若不是这如零零碎碎的线段接续起来的声音，柚子还以为是车站前二十米长的商店街上的居民突然探进脸来了。

虽说是暑热未退的时节，可来人只穿一件似乎是仿蜡染印花的朴素连衣裙，布制的巾着袋上挂着个纸袋，如此轻便的穿着看上去不像个旅人。

婆婆早就严厉地教导过她，不能以穿着来衡量客人，而柚子在作为年轻老板娘工作的七年里，也多次见过穿着寒素但实际上非常有钱的客人。话虽如此，今天这位老年客人似乎有点战战兢兢的。

与想象中大相径庭的饱受日晒的粗大手指拨开暖帘——水蓝色底上，有一朵兰花形状的留白——手的主人往里张望着，踌躇了一会儿。柚子笑容满面地招呼道："是立松女士吧，欢迎光临。您没迷路吧？"

柚子步下玄关，想帮来客拿行李，但她很客气地摇了摇头。即便柚子说了许多次"请进"，来客也没有马上进来，而是对着柚子数次低下头，表现得很卑屈。

来客那种不像客人的过分拘谨的态度，直到两人走进一楼里面的"蝴蝶之间"也依然没有改变。一楼和二楼一共有八个房间，这是其中最小的一间，是六叠和一叠半组成的套间。即便是这样的小房间，柚子也十分规矩地请来客坐在背对壁龛的上座。来客在椅子的边缘坐下。她有着岩石一般强健的身体，却缩着肩膀，柚子每说一句话她就点一下头，看上去十分惶恐。

"玄关虽然改装得漂亮了，但是如您所见，里面还是很简易的，请您千万不要拘束。"柚子说，然后不经意地问道，"您在电话里说，以前在这里住过，是什么时候呢？"

"嗯……已经是十六年前了，连续住过两回。"来客回答，抬起脸，"您是老板娘的女儿吗？"

仔细看，她的鼻梁还算挺直，但整个人令人联想起素烧的瓦片，透着乡下的土气。陷入皱纹深处的眼睛，一方面显得很拘谨，另一方面又冒失地频频打量柚子的脸。

"不，我是七年前嫁过来的。"

"哦，我听说老板娘有个独生子，那么，您就是他的……"

"是的。"柚子答道,并终于注意到老妇人的口音和公公婆婆的一样,便问,"难道说您和婆婆一样,来自岛根吗?"

"嗯。"来客的紧张有所缓解,点点头,对柚子微笑道。

"那么……您是婆婆的熟人吗?"

"嗯,算是吧。"来客刚说完,又马上更正道,"不,说不上是熟人。"并问:"老板娘很能干吧?"

微笑让她瓦一般的脸显得柔软似绵,令柚子放松下来,回答道:"是的。只是今天不巧,有客人请她去仙台的温泉了。"

来客的微笑突然变得僵硬:"丈夫因为癌症病倒了,那个人,还去温泉村游山玩水吗?"

线一般细的声音突然变得如铁丝般锐利,如此断言道。但紧接着,似乎她自己也对脱口而出的这句话感到意外,连忙道:"别人家的事,我多嘴了。"

公公辰次的确在半年前吐了血,确诊胃癌后,住进了小田原的医院。

"说是游山玩水,其实那儿的旅馆对经营旅馆有参考价值,所以顺便也考察学习了。"柚子慌忙找补道。这话的确只是找补——公公的病情从前天晚上就开始恶化,婆婆喜世却接受东京的证券公司社长的邀请,兴冲冲地出门了。

初次见面的女客人似乎连喜世这方面的性格都清楚。刚才铁丝般的声音仿佛在责怪:真是那个人做得出来的事呀。

"您知道我公公住院的事吗?"柚子问。

"嗯,听到些消息……"老妇人答道,然后突然环视房间,说,"十六年前,我住的也是这间。和从前没什么变化……真好哇,造得结实的旅馆,年数越长越有味道。"

柚子以为她是为了糊弄过去而岔开话题,她却继续道:"我家的都已经老得不成样子了……唉,这就是老板娘能力的差距呀。这十六年来,我已经彻底变成个老太婆了,这里的老板娘还是像从前一样年轻漂亮吧。"

"客人,您也经营旅馆?"柚子显出好奇。

"嗯,在岛根……不过我们家比民宿强不到哪儿去。"

"所以您才知道婆婆的事?"

"嗯,算是吧。"她话里打着太极,似乎在避开柚子的问题。

柚子发觉这个客人欲言又止,但至少脸上要保持笑容,便说:"不好意思,还没给您端茶。我马上拿来。"于是便退下了。过了一会儿,她带着茶和旅客登记簿回来了。

女客人打开了朝向庭院的窗户,正弯腰看着什么,显露出老态。

柚子准备好茶,说了声"请用",但她还是保持着那个姿势。

柚子站起身,走近了,她用目光示意道:看。

她指的是紧挨飘窗护栏放着的花盆。

七年前嫁入这家旅馆的时候,有人送了这盆蝴蝶兰作为结婚礼物。听说兰花很难照料,但因为是那位故人送的结婚礼物,柚子一直精心侍弄,如今依然开得很漂亮。

今年四月也开了许多花,整盆摆在窗边的冰箱上,有客人看到烂漫的花朵,开心道:"今年因为下雨没能好好赏樱,没想到在这里还能看到美丽的花。"

梅雨前花期结束,修剪掉花茎前段,放在飘窗处,为下次开花做准备。在夏天快结束的时候,居然真的又开了一朵花。

不仅如此,在那令人想起娇艳的纯白色蝴蝶的花朵下,还有别的花……一朵朝颜[1]开在那儿。

"我在想,兰花的茎下怎么会开朝颜?你看。"

顺着老妇人干硬的手指指的方向,柚子看见,从飘窗下方的庭院角落里,一根朝颜的藤蔓伸出来,接着缠上了蝴蝶兰的茎。盛夏时,朝颜在飘窗下伸展出两片嫩叶。庭院光照好的地方有方格篱笆,每年朝颜都会攀爬上去,展现夏日风情。大概是去年混在土里的种子,大扫除时被竹扫帚赶到这儿来,还发了芽。在背阴处张开的两片嫩

---

1 牵牛花的别称。若非单独注明,均为译者注。

叶并不会让人觉得柔弱,即便没有攀缘的支柱,不知不觉间也长得叶片繁茂。一根藤蔓自己爬上护栏,缠上蝴蝶兰的茎。然后,或许是察觉到了夏日将尽,急忙开出第一朵花……

仿佛是即将谢幕的季节的写照,淡紫色的花淡得像快要消失掉似的。稚嫩的颜色,好像是为了追赶即将逝去的夏日,拼命开出花朵来。

柚子嫁进来之后很快就怀孕了,但在第三个月经历了流产。这朵朝颜的颜色,一瞬间,让柚子的脑海中闪过还未成形就被埋葬的那个生命的影子,她马上将那影子从脑海里抹去。

这朵朝颜绝非弱小的花。

现在已经过了下午三点,普通的朝颜会像失血般变得残败枯萎,而这朵花虽然颜色清淡,却能尽力守住这点淡淡的色调,看上去像是在挑战兰花华丽的纯白。

"真是朵精神的朝颜哪。"

她如此自言自语道,接着轻轻地坐在飘窗上。这个老妇人也这么想吗?好像患有神经痛之类的疾病，她一边搓着布满斑点的腿，一边说："有一件事我很好奇……像我这样突然造访这种高级旅馆的客人，你们也很欢迎啊。我看门口密密麻麻地写着今晚住店客人的名字，你们明明也不愁客源哪。"

放松下来的语气，透出强烈的地方口音。

"高级称不上……"柚子摇头。

"老板娘不在真是太好了。要是老板娘在，一定会用客气的话把我这样的客人顶回去吧。喜世是个喜欢奢侈的女人，现在也会根据喜好挑选客人吧？"

正是这样。这位客人果然很了解喜世……虽然这么想，但柚子没说出口，而是微笑道："不，老板娘是我。"

"哎呀，喜世已经让位给你了吗？"

"不，这间旅馆还是婆婆一手管理，只有这间房由我管理。我只是这间房的老板娘。不用担心，我非常欢迎像您这样的客人。"

柚子没有详细说明事情的原委，只是这么笼

统地说，令老妇人茫然了一会儿。但她似乎很快看破了爱出风头的婆婆和朴素的媳妇之间可能会有的不睦，理解地点点头，说："我运气好哇。哎，刚才说喜世会把我顶回去，还有别的意思。"

然后像是突然想起来似的，又说："老板娘——不，喜世她明天什么时候回来？"

"明天晚上。"

"这样啊。你说辰次先生在小田原的医院，情况到底怎么样了呢？你今天或明天要不要去看一下？"她问个不停。

"前天晚上有点危险，昨天我去看了两三次，今天换我丈夫去看。不过晚上再换我过去。"

"那么，到时候可以带我一起去吗？唉……本来想要是喜世在，我就什么也不说地住一晚就回岛根，但感觉你是个好说话的人，没忍住就说了。"

老妇人将视线从柚子的脸上转移到兰花花盆上，用老年人看远处的方式眯起眼，看着两种争艳的花，说："听说他得了癌症，会死，所以我来从喜世手上把那个人抢回来。"

她没有给柚子插话的时间,接着道:"既然喜世不在,我说话就没什么顾虑了。就是喜世,趁我不在的时候把我丈夫抢走了。这些陈芝麻烂谷子的事,喜世没跟你说吧。"她叹了口气,继续讲述:"那个喜好奢侈的女人连客人都要按喜好挑选,居然会抢那种在山阴地方[1]经营快倒闭的民宿的穷男人。"

八年前,和今天一样酷热的残暑天。

柚子被当时就职的建设公司里的上司邀请,第一次来汤河原旅行,就住在这家旅馆。

和那个比自己大一轮的有妇之夫之间的关系,耗到了第三个年头,仍毫无进展。男人两年来只会翻来覆去地说"会找机会和妻子离婚的",柚子快要窒息了。在第二年快结束时,她也曾变得聪明,怀疑男人口头禅一样的"离婚",其实是

---

[1] 指日本中国地区内,中国山地以北的地区。主要包括鸟取、岛根二县和山口县北部。

将根本无法对妻子直接表明的牢骚丢给情人，给她安抚罢了。但冷静下来，理性思考后，情感反而变得更加热烈，比先前还要依恋男人。

"下周我就要三十岁了，不赶紧下定决心可不行。"

柚子对自己说的这话，大概被男人误以为是在催促自己离婚，便说："还真是。为了给你庆祝生日，我们去温泉旅行吧。整理一下心情，回来后我一定提出离婚。"

最初，男人说"离婚"时，柚子也不知道该不该相信，心情仿佛站在海边的悬崖边上般不安。两年后，当她乘上从东京站出发的列车时，当在深夜的汤河原旅馆里，男人的手伸向自己的身体时，柚子感到这两年的岁月毫无意义，又像紧紧扒着悬崖峭壁般焦虑。

这时候电话响了。男人正伸手想把枕边的台灯关掉，只得先接了电话，另一只手还捏着柚子的右胸。突然，那只手离开了柚子的身体。

"知道了。跟妈妈说我马上回去……"

男人说完便挂断电话,开始穿衣服:"不好意思,说是小女儿发烧到三十九度。"

"夫人知道你住这家旅馆吗?"

"嗯,不过我只是说出差……"

男人说着,突然回过头,停止了所有动作,然后用冰冷的目光,带着从未有过的疏离感看向柚子,发问道:

"你给我妻子打电话了?"

十五分钟后,房间里只身一人的柚子哭了起来。的确,利用泡温泉的时间去大堂打电话给男人的妻子,说"您丈夫和我一起来泡温泉了"的人是柚子。她一次也没见过他的妻子,也没有自报姓名。

"已经两年了。我累了。请您把您丈夫带回去吧。"

她还这么说。

但是,当挂断那通电话后,当男人的手伸向自己的身体时,当男人穿好衣服走出房间,去柜台打电话叫出租车时,她心底某处还在期待男人会以此为契机，下定决心和妻子离婚。她渴望明确的回答，于是进一步将自己逼向悬崖边。

男人走出房间前说了什么，她已经不记得了。可能什么也没说。那是个除了抱怨家庭之外什么也不说的沉默男人。但她记得，对着走出房间的男人的背影，自己说了些什么。

"我只是想告诉你连你自己都没注意到的想法。而夫人，真卑怯呀。大女儿还只是小学生吧？自己不打这个电话，让那么小的孩子打……竟然想要拿孩子当人质把你夺回去……"

柚子虽然明白，想从那孩子手里抢走她的父亲的自己也很卑怯，但她还是没能克制住冲动，说出了这番话。

过了一个小时，男人没有回来。那时眼中的泪已干，柚子甚至开始觉得，自己为之哭泣的，可能既不是失去男人的悲伤，也不是对他妻子的忏悔，而是终于从悬崖边上解放后的安心。

即便如此，也要把身上残留的泪痕洗干净。柚子去地下的桧木浴场泡上温泉时，旅馆的老板娘进来了。

"今晚其他客人都上了年纪，大家都已经睡了……失礼了。"她这么说着，自然地将身体沉入热水中，和柚子肩并肩，"那个孩子打来电话时，我就明白了事情的大致情况，本想着不帮她转接电话了……抱歉哪。但是，像你这么能干的人，如果是我的女儿，我会觉得，比起继续这种稀里糊涂的关系，不如考虑像普通人那样结婚哪。虽然我知道我这多嘴的习惯不好。"

她用温柔的声音说道。她说因为做这行业，她能从客人进门的瞬间看出他们之间的关系，特别是男女之间的关系。

然后，老板娘看着柚子后背右肩膀下面那块枫叶形状的斑，在水汽中如薄薄地敷了层白粉，说："您可能和我们家有缘呢。"

这块斑只有在泡了热水或身体变热时，才会显现在肌肤上，再加上在后背，所以直到高中时，在一次体育课后的更衣室里被朋友提醒，柚子才注意到。去问母亲，母亲也毫无头绪，露出一副不可思议的表情。也许是天生的……

就像有谁想要从背后握住她的肩膀,而那只手的影子仿佛白色的幻影一般飘落在了她的背上。当全身的肌肤染上粉色时,只有那里像被忘却了似的浮出白色的斑,男人曾开玩笑地说:"这是与生俱来的要被男人握住的身体呢。你自己还没意识到。"

老板娘说,这块斑很像这家旅馆的"脸"——一朵兰花的图案。

"既然有这么年轻美丽的身体,就请选择一个与这份年轻美丽更相称的男人吧。"老板娘如此安慰道。但对柚子来说,五十过半却没有一丝皱纹,流露着女人风韵的老板娘的身体,更令她羡慕。

之后,老板娘带着酒壶和下酒菜到柚子的房间来了,柚子对她说出了一切。她觉得老板娘的身体像羽毛被一样,柔软地将自己的伤口包裹了起来。"你活得很漂亮,要更加自信一点才好。也不要怨恨那个把孩子当人质的夫人哪。多亏了她,不管是那个男人还是你，都能把孩子当作唯一的分手理由……这样，两年间的爱情还能留下美好的回忆。"事实上，柚子的确从老板娘的话中得到了安慰。

这时，房间里的电话响了。只要联系一下前台就能马上知道是谁打来的，但柚子用眼神示意老板娘去接。"刚才和您一起的客人，现在和我们家儿子出去喝酒了。"说完，挂断电话，"这样就好了呢。"柔软的脸颊上，狭长的眼睛眯成一条线般微笑着。

好像从那个时候开始，老板娘喜世就把柚子当作独生子的新娘候选人了。

之后，柚子从公司辞职，与男人的关系也明确地告一段落。第二个月，在女性朋友的邀请下再次造访旅馆。再来是十二月，她一个人来的。

第三次来的时候，喜世让儿子浩之开车带柚子游览箱根。

据说浩之是喜世十八岁时生的孩子。即便已经三十七岁了，身上还留着一派好青年的形象，像年轻人一样毫不掩饰地坦白了自己有过一段失败的婚姻，一点儿也没有显得不自然。

他说因为不想继承家业，大学毕业后留在东京过着上班族的生活，还顶着双亲的反对和同事结了婚。但正如母亲的预判，那段婚姻只维持了半年就结束了。后来，他回到汤河原继承了家业。

"离婚并不只是因为对方不好。我对她的一丁点儿错都会吹毛求疵，度量太小……这就是人们常说的'错在太年轻'吧。"

冬天的芦之湖呈现出一派落叶的枯色，站在湖畔，浩之说，这好像西洋风的枯山水。之后他继续道："我从母亲那里听到些你的事，那也算是'错在太年轻'吧。"沉静的语气，好像把话语都托付在了风中。从那时起，柚子就有了和他结婚的想法。之后，不仅柚子前去拜访，浩之也频繁地来东京与她见面。甚至在柚子造访汤河原时，老板娘会拜托她说"能不能用帮忙干活来代替住宿费呢"，于是柚子还做起了女招待的工作。不过，浩之没有对她提出过关系更进一步的要求，而因为被老板娘看到过自己与男人搞婚外情的不堪场面，柚子也有些羞愧，从来不曾设想自己有可能成为"樫津屋"家的儿媳——那可是在汤河原以悠久的传统和高级感而闻名的温泉旅馆。

不，柚子曾因为老板娘的笑脸和浩之的温柔而产生过幻想，但之后因为羞愧，急忙打消了这个念头。

但是，半年后，正值梅雨季节时，喜世邀请柚子一同去看戏。"好久没去看歌舞伎了，能陪我一起吗？"看完戏，在老板娘说自己来东京必去的东银座里巷的小料理店里，她先说了句"本来应该是浩之亲口对你说的"，然后突然向柚子传达了浩之的求婚。

"其实这也是我的'求婚'。这半年，是我对下一任樫津屋老板娘的考察期呢。"

她说完，柚子下意识地摇头。

"我是个残次品，这一点您应该比我母亲更了解，不是吗？"

"所以呢？"

老板娘微笑着摇摇头，说：

"要说残次品的话，浩之也是一样，而且我才是那个最残次的。我不想对未来可能成为媳妇的人有所隐瞒，所以想把一切都告诉你，能不能当成我的人生简历来听一听？如果说人生简历上会写'赏罚'，那么，我的人生里写的多是'罚'吧。其中最大的'罚'，就是浩之并非我现任丈夫的孩子……我出生在面对着宍道湖的松江地方，是一家远离街市的小酒馆家的女儿。因为家里穷，十六岁时，跟着与父亲有买卖关系而经常出入家里酒馆的艺人们，出去跑码头。用现在的话说就是，做着类似伴游女郎的工作，挣钱补贴家用。在那个剧团里，我遇见了当时只有四十多岁的，和现在的浩之长得像一个模子刻出来的县议员……即便做着那种工作，可我毕竟太小，还不能被当作女人，而且一直算是个品行端正的姑娘。但那个男人很疼我，是个像兄长一样有男子气概的人，所以虽说最初是他邀请我的，但我也像陷入了初恋一般陶醉……我们开始在小小的房间里偷偷幽会,巧的是,和你一样,也是两年后被他的夫人发现,被迫分手……之后我发现自己怀孕了。家人反对,那个男人说'已经分手了',只出了十万日元的堕胎费。但我因为赌气,用那笔钱去了京都,一个人把孩子生了下来。太年轻,不知天高地厚……可这终归是不能拿到台面上的事,那时候我还不知道,在成年之前就抱上孩子,很快就会吃不上饭的……最后只好回到松江。哥嫂虽然觉得我太任性,但还是尽可能地帮助我,说'我们家只有一个女儿,觉得有点冷清呢',我就把孩子像寄养一样交给他们照料,自己装出独身的样子开始在旅馆做女招待。但世上没有不透风的墙,身边的人渐渐知道了我生过孩子的事……我天生要强,不管是闲话还是造谣,都不能让我低头,但不管多么要强,当十月怀胎生下的孩子像对外人一样叫自己'阿姨'时,都不得不低头哇——那比什么都痛苦。所以在浩之上中学的那一年,我下定决心出远门,一个人去外地重新开始……就来到了汤河原,在樫津屋做起了女招待。在我工作的第五年，老板娘因为心脏瓣膜病的旧病恶化，反复住院，动不动就把事情都拜托给我。"

"这就是人生简历上第二大的惩罚。"喜世皱眉笑着继续说道，"虽然很对不起病床上的老板娘，但是受到她丈夫的引诱，我和他发展成了男女关系。"眼尾流露出锐利的目光，看上去好像要用染了颜色的钩子把柚子的脸钓上来。

"但是我彻夜看护老板娘，用比旁人勤奋一倍的努力代替老板娘做女招待……不，是把两倍、三倍的努力奉献给了樫津屋。可是那并没有回报……"

老板娘去世三周年后，喜世成了老板娘丈夫樫津秀造的后妻，并成了樫津屋的新老板娘。然而，第二年，丈夫秀造就因脑出血倒下，看了半年病也是徒劳，最后像是追随亡妻般走了。

"去世的老板娘，好像隐约知道我和秀造的关系，但看着我那么献身地努力，在死前说，之后的事情就都拜托给我了……我想那句话指的不仅是旅馆，还有她男人——但也可能只是一个情人的自我陶醉吧。老板娘她，一定是不肯把丈夫交给我这种人，才把他拉到冥界的……从那之后的五年，简直是地狱。"

曾说不想继承家业而离开了汤河原的长女夫妇，还有弟弟夫妇跑过来，为争夺遗产互相揭短、争吵，最后喜世以旅馆和土地作担保，向银行借了一亿日元，加上其他财产换来的六千万日元，共计一亿六千万日元，交给他们让他们退出，终于保住了老板娘的身份。

"周围的人说了不少闲话呀。说是遗产，其实只有那块土地。与其背上一亿六千万日元的债，干脆离开那个家，要舒服得多。再加上老板娘去世时，汤河原四处都建起了新式酒店风格的温泉旅馆，颇具势力。除了古朴之外毫无优点的樫津屋，像落叶一样，和其他小旅馆一起，被新时代的风吹到汤河原的犄角旮旯里了……尽管如此，靠着我的才智和努力，我还清了债，而且把樫津屋经营成了以古朴为卖点的旅馆。可那个长女，直到现在还把我叫作小偷哇。还有人说，前任旅馆主人夫妇等于是被我杀死的。当我知道传出这话的，居然是我最信任的旅馆行会干部的太太时，就算是我也忍不住哭了呀。"

"对不起，和你发牢骚了。"喜世用饱满的笑容驱散低沉下来的语气。

"但是现在看来，正是因为有那些逆境，我这样意气用事的女人才能迎来春暖花开的时候。就连那些欺负过我的家伙，也有功劳。"

前任主人秀造去世五年后，她偿还了一亿六千万日元的借款的一半，剩下一半的还款来源也有了眉目。喜世过去在岛根做女招待时曾受到一位在松江经营旅馆的男人的照顾，向他借钱时，那男人也笑着借给了她六百万日元。后来喜世与那男人结了婚，让他做了樫津屋的新主人。喜世坦言，自己当然也喜欢那男人，但也有想找个在遗产争夺的斗争中能给自己撑腰的男人的原因。

正好在那个时候，她把大学毕业后在东京的旅行代理店工作的浩之叫了回来。两人在浩之上高中时就以母子相称了，但浩之觉得自己对养父母有赡养义务，所以没有跟生母喜世走得太近。这不是出于对抛弃自己的母亲的反叛心，相反，因为怜悯母亲，浩之离开了养父母，去了东京，靠自己苦学读完了大学。

喜世去松江哭着哀求兄嫂，于是，在养父母的劝说下，浩之将户籍转移到喜世夫妇的名下，也下决心要继承樫津屋。但母子开始同住后，一直隐藏着的各种心思就暴露出来，不到半年，浩之再次离开家回到东京，还结了婚……

之后的事，基本上和柚子从浩之那里听来的一样。对回到东京擅自结婚的儿子，喜世虽然感到揪心，但也只能远远地看着他。那段婚姻失败后，浩之的新工作也不顺利，于是回到了喜世身边。喜世对浩之在东京的婚姻生活究竟如何，以及对方是怎样的女人等细节一无所知，但对浩之来说，好像是意义重大的人生体验。不如说，他的这次任性，似乎抵消了抛弃自己的母亲的任性，他终于能把喜世当作母亲来看待了，对要继承的旅馆工作，也拿出真正的干劲，投入了进去——喜世描得细细的眉毛皱起来，微笑着说道。

"从那之后过了十年，现在我的债都还清了，浩之在第一次婚姻里受的伤也痊愈了。"

那一天，喜世穿着名叫"越后上布"的麻布制成的和服。点缀着藏青色的细三日月花纹的白色布料，本是适合夏天的清爽风格，却染上了刚才观看的歌舞伎表演的色彩，柚子好几次产生错觉，仿佛看到鲜艳的颜色像波纹一样在颤动。

舞台上有游女玩手鞠的场面，喜世身体里面似乎也有一个用五彩丝线缠绕成的手鞠，不停地跳动着，色彩渗出她的肌肤，进而染上如同一层皮肤似的白色和服……柚子如此感到。

那些关于身世的话本是阴暗的，但柚子却有一种被五颜六色的走马灯不停环绕、照耀着的感觉，最终她点头道：

"我接受您的求婚。但是，我想从浩之口中听他本人亲自求婚。"

之所以这么说，大概是被走马灯照晕了吧。

喜世满足地笑了,脸上放光:"我之所以会对你说这些绝对不会跟别人说的话,是因为你和我有相似之处。你和我一样,拥有不管遇到什么逆境都能自己破局的力量。你是配得上我重建的樫津屋的媳妇。"

她说话时,眼中好像也有手鞠在弹跳。

现在,越来越有必要重新考虑当时的选择是否正确。

作为新媳妇被善待,只有最初的几个月,她怀孕时婆婆为她感到的喜悦也只在转瞬之间。流产后,喜世的态度变化就像手心翻手背,变得比普通的婆婆还要严厉。柚子就像旧时代的媳妇一样,为了生下继承人而被娶进门,要是不能完成这个任务就会失去做媳妇的资格,纯粹被当作女招待来使唤——喜世对待柚子常有这般露骨的苛刻。柚子不知道为什么一次流产会让婆婆的态度转变如此之大,但她的确再也没有过怀孕的征兆。或许婆婆锐利的眼睛看出,她经历过一次流产的身体再也生不出继承人了。

虽说如此,在那个歌舞伎剧场后面的小料理店里,喜世说的应该不是假话。

正如喜世所说,不管遇到什么,柚子最终都会反过来想:"这是成长为旅馆老板娘的必要鞭笞。"现在已经很少有我这样的女人了,所以我才被委以重任——她近乎盲目地自信,自我安慰,至今为止一直努力着。喜世唯一背叛她的是,这种逆境正是她亲手加诸柚子身上的。

另外,浩之绝对不是个坏丈夫,这对于柚子来说是极大的救赎。柚子稍微出错,喜世都会大声斥责,这种时候,浩之都一定站在柚子这边。身为母亲的喜世,可能是对自己早年的行为感到惭愧,因此对浩之的话言听计从,在浩之面前不再苛待柚子,但在浩之看不到的地方则会变本加厉。她看出柚子是绝对不会在丈夫面前说婆婆坏话的性格,才敢这么做。但是,只要丈夫对自己好,不管婆婆多么苛刻,柚子都能忍耐,她就这样踏踏实实地学习了七年。

丈夫也不能说是完美的。浩之不能算完全从母亲那儿独立，为柚子说话时虽然会顶嘴，但其他时候就像个员工，听从母亲指示。虽然离开母亲生活了近三十年，但脸和身体总还让人感觉像个小青年，比一般人更浓地残留着母亲的影子。

婚后一个月的时候，柚子深夜醒来，发现浩之不在身边，觉得不可思议，窥向走廊，看见丈夫正从厕所对面的母亲房间回来，他说："哎呀，我梦见母亲生病了，很痛苦，有点担心，所以就去看看。"不止一次，同样的事发生过五六次，柚子担心那是因为丈夫在夜里像年轻人一样激烈地爱抚过自己的身体，由于对母亲超出一般的依恋，他为沉溺于柚子身体的自己感到愧疚，才会做那样的梦。

柚子的这种担心，在结婚初期就有过了。那时，浩之站在流产后的柚子这边，喜世被抵抗得要招架不住了。柚子甚至善意地想过：这个人有哀伤的过去，所以无论如何都比寻常人更加依恋母亲。

浩之不光靠自己苦学读完了大学，还是个超乎柚子想象的工作狂。他不擅长料理，在厨房工作方面，水平只能与从前任老板开始就主管樫津屋饭菜的五六十岁的板前助手相当，但在修整庭院方面却有着令专业园艺师都相形见绌的才能。他对没有血缘关系的父亲也很体贴，柚子嫁进来时父亲身体就羸弱，为了协助他，浩之会压缩睡眠时间去做财务和事务的工作。

他能理解柚子没说出口的不满——"这样相当于把柚子只当成一个女招待，实在太可怜了。"拜托喜世把最小的"蝴蝶之间"交给柚子来管理的，也是浩之。

喜世表示赞同，坦率地说"这个想法不错"，而柚子觉得那只是出于对儿子的愧疚。之后，凡是一个人来光顾的新客，她都交给柚子，多余的话一句不说。但当喜世知道有些客人对柚子的服务感到满意，回去后却没有成为固定下来的常客时，也适度地给予柚子提点。终于在上个月，她知道了"蝴蝶之间"的收益比之前都要好，直接赞扬道:"果然还是浩之看柚子看得准哪。"

但这也并不全是浩之的功劳。有时候,当柚子在喜世的严厉之下就快要坚持不住时,喜世会在到达极限之前展现出不可思议的温柔。

五年前,柚子娘家的父亲为了弥补公司下属的粗心,急需一千万日元。尽管旅馆玄关的改建费还欠着约两千万日元,喜世却说"遇到困难就要互相帮助",一下子借出一千万日元的现金,无利息、无期限。哪怕走廊上有一粒灰尘,喜世都会严厉地斥责柚子,连其他女招待都会同情地说"少奶奶太可怜了",但有时她也会在女招待们面前表扬柚子的接客态度。虽然表扬的次数只有斥责的几分之一,但她好像每次都能看透柚子的心情,瞅准最好的时机加以表扬,让柚子在接下来的两三天里都能忘却婆婆魔鬼一样的斥责声。

只把"蝴蝶之间"交给柚子自由支配,反过来说,旅馆里其他的一切都不会给媳妇——这可能是喜世这个独裁者的精明打算。给柚子娘家出钱,也是想用金钱将柚子绑在旅馆。时不时表扬柚子，是为了在女招待面前表现，不让她们认为自己是个魔鬼一样的老板娘。不，最重要的是在柚子面前抛下诱饵——尽管这些柚子都明白，她还是一边善意地说着"婆婆也不是坏人"，一边扩展忍耐限度，终于走到了今天。

心情好时，喜世会露出和七年前在小料理店里那次一模一样的笑容，从这个意义上，也不能说喜世当时的话都是谎言。

那一晚关于她身世的讲述中，唯一的谎言是关于喜世如今的丈夫辰次的事。当时喜世说，辰次在年轻时丧偶，一直独身到快六十岁，经营着一家随时可能倒闭的小旅馆，所以即使入赘到樫津屋，改姓樫津也没问题。七年之后，这个谎言被突然到访的客人——眼前这位老妇人——揭穿了。

"我是来让她还回丈夫的。"老妇人说完这一句，一直憋在心里的话，像洪水决堤一般滔滔不绝，"喜世二十多岁，在我家做粗活的时候，就和辰次好上了……而且还是喜世主动勾引的比她大一轮的辰次。你也许知道,辰次很木讷,不是会主动对女人出手的男人。之后她就来了这汤河原,十多年了音信全无,当我好不容易放下仇恨后,她瞒着我到松江来借六百万日元……不,不是借。最后她瞒着我密会我丈夫,之后连钱带人都抢走了。"

一天,辰次消失了,没留下只言片语。当女人知道喜世曾多次从汤河原前来密会时,离婚协议已经送到了眼前,而那时,那两人在汤河原已经登记结婚了。她曾想通过打官司把丈夫抢回来,来过汤河原好几次都被挡在玄关外,总算抓住喜世不在的两三次,作为客人来到樫津屋见到了丈夫,可被喜世当作窝囊废的辰次,一点儿也没有当初的样子了。当时比起愤怒,她更觉得自己可笑,只在心里豪迈地说了句"这种老公是我不要了的东西",就回了松江。之后在妹妹和她女儿的帮助下,总算一个人把旅馆经营了下去——

像喷火一般把话都说完后,老妇人注意到柚子皱起了眉头,说:"不好意思,说些与你无关的话……啊,但是把这些都说出来真是舒服。事到如今都无所谓了,我准备就这样回去,不见那个人了。"

她的表情变得明快起来。

"我来这里的事,请对喜世保密。喜世的儿子……也就是你的丈夫,他一次也没见过我,只要你保持沉默,就没问题了。"她这么说着,在旅客登记簿上写下"立松比奈子"的假名,"这是上学时一位老师的名字,我的真名叫增井千代。年龄什么的不会引人注意,就照实写六十九岁好了。"

深陷于皱纹之中的目光相当犀利,似乎看出柚子和喜世的关系不怎么好。

增井千代的话,绝非与柚子毫无关系。刚结婚的时候,浩之就曾对柚子提及岛根的话题表示厌恶。不仅是浩之,喜世虽然在结婚前对柚子坦白了一些,但当柚子想就岛根的话题再进一步时,她就会挑起细细的眉毛,表现出不高兴的样子。结婚仪式也是,浩之说自己是再婚,态度强硬地决定只邀请为数不多的身边人参加,柚子想见见他的养父母和亲戚们,说"我不介意",但他只是移开视线,说:"从进这个家门开始,我就舍弃了岛根的一切,包括养父母。就算被说忘恩负义也没关系,从长远来看,还是这样比较好。"

七年间,柚子有三四次提到"想去看看你和妈妈长大的地方",可每次回答她的只有浩之不愉快的沉默。柚子也曾对喜世说过同样的话,只得到"你是故意让我不高兴吗?明明知道我想忘掉旧伤"的回答,本想讨她欢心,反而给了她发怒的由头。

现在终于知道理由了。虽然喜世对柚子坦白了生下县议员的孩子的事,还有和前任樫津屋老板的事,但隐瞒了柚子称之为"公公"的男人是她从他妻子手里抢来的这件事。

不知该怎么回应的柚子犹豫着,千代再次向她说"不好意思",正当这时,一组团体客人到店了。柚子借此离开房间,六点时回来引导千代到浴场后,作为代理老板娘,一间房一间房地向团体客人打过招呼,之后便又回到"蝴蝶之间"准备饭菜。柚子想拉上窗帘，视线却停留在飘窗的花盆上。

初秋的夜晚，夜幕早早地包围庭院，透过窗户的磨砂玻璃，沐浴着迷蒙的灯光，浮现出洁癖一般雪白的兰花。朝颜已经凄惨地枯萎了，三个小时前的样子成了幻影。那朵在纯白中藏着无数色彩的兰花，好像吸收了朝颜只有一日的生命，变得更加灿烂夺目，炫耀着自己的宝座。

如果兰花是喜世的话，那么发红枯萎、如同流血一般痛楚的朝颜就是千代吗？还是自己？

即便枯萎也要死死缠住兰花花茎的朝颜，看上去也像浩之。还是说，最像的是公公辰次呢……

柚子嫁进来的时候，辰次作为主人还能做些财务和事务的活，但从那时起就对喜世的话言听计从，工作之外几乎听不到他讲话，只有那头白发和消瘦的背影很是引人注目，总觉得透着无能之人的气质。被喜世选做丈夫的原因之一——过去的美男子的影子，也只残留在高挺的鼻梁上。要说的话，他有点像壁龛上的古董,但如今古董上已经生了裂纹,似乎快要被别的装饰品替换掉了。

之所以会这么想,是因为喜世从那时起,以工作之名,从常客中挑选了一些特别有金钱地位的男人,经常同他们去某个温泉胜地。只有在那种时候,她才会借口说"也该让柚子尽快掌握老板娘的工作了",以此脱身。她说有四五个人一起去,但柚子猜大概只有她和另一个男人。自从半年前丈夫住院,她出去的频率更高了。优质客人和团体客人需要靠人介绍,这么说,这也的确是老板娘的工作之一。但柚子怀疑喜世之所以选自己做媳妇,是因为自己曾被她目击到和有妇之夫的令人难堪的场面,所以不管婆婆有多么出格,柚子都没有责怪的资格。不,这一点辰次也一样。明明不可能不知道妻子和男客人们去做什么,还用满是皱纹的笑脸相送。看着这样的公公,柚子感觉,年届六十的喜世还能全身洋溢着年轻的生命力,是将辰次余生的最后一滴生命力都吸走了。

发红枯萎的朝颜,正是最后吐血倒下的公公

的写照。正当她这样想时，背后传来声音："怎么了？"

本应在医院陪在父亲身边的浩之，穿着短上衣站在走廊上。

"父亲暂时没事，我就回来了。对了，听说你又让贸然造访的客人进来了？要现采购食材，茂先生发牢骚了，你多注意点吧。"

"但是，客人年纪大了，说饭菜只要两三样就够了。"

"不，负责板前料理的人不喜欢这种话。哎，茂先生也是，对老妈什么也不说，只能说你几句，之后你对他亲切一点比较好。"

浩之用一贯的平静语调说，没有斥责的意思。这时，泡完澡的千代回来了。浩之作为旅馆主人，郑重地打了招呼后离去。

"那是前任主人的儿子吧？但不知怎的，和辰次年轻时有点像呢。"

千代有点吃惊地说。看来她不知道有关浩之身世的详情。柚子告诉她辰次身体状态平稳，并说:"那个人对父亲像亲儿子一样细致认真,所以连脸也越长越像了吧。"

"是吗?这么说,辰次在这里也得到了应有的幸福哇。"千代叹了口气,"你和这间房扯上太多关系会被丈夫怀疑的,能不能换个别的女招待来呢?"似乎是后悔对柚子说了喜世的坏话,想避开她。

"我知道了。"柚子低下头,准备走出房间。

"那个,我能不能多句嘴呢?"千代叫住了她,"你丈夫,现在有没有外遇?"

她如此唐突地问道。

"嗯?"

"哎呀,那个人说去了医院,实际上是去泡澡了呀。虽说快要倒闭了,但我也是在岛根经营温泉旅馆的,对温泉很了解。你丈夫低头的一瞬间,我闻到了硫黄泉的味道。当然不是这里的温泉。"说着,闻了闻自己的手腕,"这附近的话,就是箱根的强罗了。你说过他是早上出门的吧。"

柚子的回答堵在嗓子眼,千代继续说道:

"哎，可能因为是那个女人的儿子，我用有色眼镜看他了。而且我连自己的丈夫被人睡了都过了好久才知道，我说的话也未必对呀。"

她笑着说，但马上用针一般锐利的眼神探寻柚子的反应。

那一夜，柚子做了奇怪的梦。

明明和平常一样，与丈夫并肩入眠，在接近破晓时睁开眼睛，旁边的被子里却不见丈夫的身影……

白色的纸拉门似乎与白色的被子相互呼应，令柚子莫名地在意起来，她穿着肌襦袢[1]起身，拉开了纸拉门。薄薄的雾霭之中，一切都模模糊糊，不知为何耳边响起了波涛声。明明是平日熟悉的房间，明明知道旁边就是内院，梦中的柚子却确信，被雾霭笼罩的广阔之地是别的东西。是湖……隐在雾中的湖如此广漠，好像要将柚子的身体吞噬，就像吞噬一滴水珠般……

---

1 和服中的贴身内衣。

波涛声混杂着婴儿的哭声，柚子因那幻觉中的哭声而醒来。

梦见湖，是因为昨晚吃过饭后前往"蝴蝶之间"时，听千代说她的旅馆建在宍道湖边，那湖便以一串蝴蝶兰的形状留在了脑海中。听见婴儿的哭声，是因为上个月月经没来，想着可能是疲劳引起的月经不调，也可能是怀孕了。梦见丈夫的被子里是空的，是因为千代说的"外遇"……

不过柚子更在意的是，自己穿的是睡衣，却明确地觉得，梦中那个穿肌襦袢的女人就是自己；同时又感觉那不是自己，而是别的女人……是浩之的外遇对象。这种奇妙的感觉混杂着梦中的雾霭，黏着在柚子的意识中。柚子注视着旁边浩之的睡颜，想起了结婚、流产两个月后，接到浩之的前妻打来的一通电话。

对方没有自报姓名，只是说"我是他之前的妻子"，听说浩之不在，比昨晚的千代更出其不意地问道："浩之，是不是出轨了？"

"出轨，和谁？"

柚子问完，好像忽然意识到了什么，重新问道："是和你吗？浩之现在在你旁边吗？"

"真笨。"女人干笑着，"出轨对象难道不是你吗？"在柚子询问这句话是什么意思之前，电话挂断了。

那阵子，柚子的确怀疑浩之真的出轨了。她仔细留意了，虽然什么痕迹也没发现，但他总是在喜世不在时外出，外出时好像还有点心虚。柚子也想过出轨对象是他的前妻。

对于那个女人最后谜一样的话，柚子只能理解为"自己仍然是浩之的妻子，因此绝不承认柚子的名分"。但是，当浩之回到家，她下定决心问个清楚时，他一笑置之，说："正因为她是会做这种令人不快的事的人，我才和她分手的。今后她可能还会说些什么，你不要理睬。"

他似乎没有说谎，也不是找借口，并且之后浩之的前妻也再没有打来电话，柚子便以为是自己想多了，也就忘了。

从那之后，柚子再没有担心过丈夫出轨的事。

昨天丈夫说去医院她也相信了，丈夫不在家的时间只有不足半天。

柚子装作不经意地接近浩之，闻了闻，没闻到硫黄泉的气味，浩之对柚子的态度也和平常一样。她想，千代可能是想以另一种方式"报复"喜世，才说了那些讨人厌的话。但是，虽然是第一次见面，柚子总觉得这位老妇人不会是那样的性格。然后她又想起，三月和五月，在婆婆和其他客人去温泉旅行时，浩之似乎两次都逮住机会似的去了东京。比起柚子，浩之更怕自己的出轨被母亲发现——的确是这二人可能会有的母子关系……

丈夫的睡颜，和平时一样纯洁、稚气。柚子想，果然还是自己想多了，但她还是决定等明天早上工作告一段落后，给医院打个电话问问公公的情况，顺便确定一下昨天丈夫到底在不在医院。

早上的时间和平常一样，在连时针都追赶不上的匆忙中转瞬即逝。

增井千代买了一点多从热海出发的新干线车票，因此在吃完早饭后去泡了温泉，还悠闲地欣赏庭院风景。

中午柚子拿来账单时，千代已经收拾好了。脱下紫藤色的浴衣，换上自己的衣服的千代，比昨天初次见面时看上去还要寒酸。

柚子给她打了对折，说自己是这间房的老板娘，不用顾虑。但千代说"我也是有气节的呀，你就不要多说了"，然后从薄薄的布钱包里取出四万日元。

柚子去柜台准备零钱时，电话响了。后来回想，前一天千代突然打来的电话和这通电话，突然改变了柚子的命运。当然，这时的她不会知道，毫无预感地像平常一样拿起了话筒。

打电话的人叫高冈，是柚子嫁进来之前就常来的客人，说"麻烦准备今晚的房间"。但是今晚的房间都满了。要是平常，一定会为常客预留一间空房，但昨晚的团体客人续住，房间都住满了。

柚子这么解释完，高冈见问题得不到解决，

便说"把老板娘叫来",柚子回答:"不好意思,她出门了。"

"啊,这样的话……我今天早上见到的果然是老板娘啊。要是打个招呼拜托她就好了。老板娘来箱根了吧?"

他如此说道。

柚子不记得自己是怎么挂断电话的。只记得高冈说婆婆现在身处强罗的旅馆,以及仿佛跟他的声音一起从话筒中流出的黄绿色的硫黄的腐臭味。

浩之正好在这时从里面出来,柚子对他说:"不好意思,'桔梗之间'的纸拉门破了,稍微修一下吧。"说这话时,伴随着流脓般的剧痛,柚子脑内渗出可怖的狐疑,可就算后来想起,她的语气里也丝毫没有透露出这些,只有近乎冰冷的冷静。

破的不是纸拉门,而是柚子体内的某处。毫不知情地度过的七年岁月已成空白,在体内不断扩散,然后突然破裂,一颗五颜六色的手鞠滚了出来。一根散开的线拉得很长,那根线的尽头系着另外一根线……

望着浩之走上楼梯，等到他的脚步声消失在二楼的走廊深处，柚子给小田原的医院打去电话。

在她开口问公公的情况之前，对方先说："樫津先生的话，现在是他太太在看护哟。"

柚子让对方请喜世过来听电话。等了很久，电话里终于传来喜世悠闲的声音："我是坐早上第一班新干线从仙台回来的。因为担心，就先过来这边看看。"

"我现在就过去，请在那里等一下。正好有些事要和医院说。"柚子说完，不等喜世回答就挂断了电话，这还是自流产以来第一次。然后又打电话叫了出租车。

之后，她回到"蝴蝶之间"，对千代说："我也有事要出门，让我用出租车送您到车站吧。"三分钟后出租车来了，她们一起上车。

"机会难得，您还是去看看爸爸再回去吧。爸爸以后知道您来过的话，可能会伤心的。"

柚子这么说。

"伤心，为什么？"千代转过头来问。突然，她好像中途改变了主意，脖子像要折断一般点头道："也好，哪怕去了被埋怨一句呢。"柚子知道千代会同意的。差不多两个小时前，昨晚接替她照顾"蝴蝶之间"的女招待主管笑着对柚子说："那个老婆婆说想涂口红，让我借口红给她呢。我借了，但她好像不中意那个颜色，只涂了一半就作罢了。"从那时起，柚子就知道千代想见辰次的心思没有消失。

透过车后窗看出去，浩之从二楼的窗户露出脸，像置行堀[1]一样看向这边。然而，坐在行驶的车中，那张脸一瞬间就被抛在身后，只有初秋澄澈的阳光洒满风挡玻璃。

到了熟悉的病房，那扇门看上去坚持要将自己阻挡在外，短暂的踌躇之后，柚子敲了敲门，几乎同时把门推开。

喜世坐在床头旁边的椅子上，头倚在窗旁，好像在打瞌睡。听见门开的声音，她翻起厚厚的

---

1 日本传说中的人形妖怪。

眼睑睁开眼睛，立刻挺直了脊背。

喜世的脸突然变得僵硬，一定是因为认出了柚子背后的人。

千代的肩膀猛地颤抖起来，条件反射地想要逃跑。柚子庇护般地抱着她，制止了她。不能离开。比起让她和辰次见面，柚子其实是为了让喜世见到她，才带她来这里的。

"这位是昨天住在'蝴蝶之间'的客人。为了看望爸爸，明明特地从岛根远道而来了，可是太客气，犹豫要不要来，我就把客人带来了。"

柚子用和往常一样的语气冷静地说道。当然，像这样挑战婆婆的语气，是七年以来的第一次。

柚子把千代往前推了一把，但千代却躲到她的背后，卑躬屈膝地缩着身体，低下了头。

喜世在一阵慌乱后稳住神，用沉着的声音道："那我把他叫醒吧。"

辰次还在睡着，像死了一般。被死亡的阴影削过的细弱的下颌戳向半空，头深深地陷在枕头里。

千代仍低着头,轻轻地摇头说:"不用了……"

穿着雀色小纹和服的喜世站起身,用轻视的目光打量着乡下人打扮的千代。比起衣着的不同,神态的不同更让喜世看起来像一朵华贵的花,而千代看上去连枯萎的残花都算不上。千代的卑躬屈膝和这七年间自己的样子重叠,柚子不由得焦躁起来。

"也是……"喜世说,"你看上去也憔悴了不少,面目全非的两个人,就算相见,也只会让双方都受伤吧。"

喜世的语气,让千代也忍不住抬起头,喉咙震颤着,但很快就掉转视线,沉默地盯着从被子的一头伸出的、曾经的丈夫那青筋突起的脚。柚子第一次发觉公公的个子这么高。公公的背驼得很厉害,让柚子觉得他是个小块头的男人。

喜世目不转睛地盯着千代。那双眼睛,对站在旁边的柚子视而不见。不过不仅仅是现在,这七年间,自己在那个家里一直被无视——作为少奶奶，作为妻子，更重要的是作为女人……直到现在，柚子终于明白了浩之的前妻在那通电话里说的"出轨对象是你"的意思。那时，浩之的前妻不知道接电话的是浩之的新娘，而以为是他的母亲喜世……那句"出轨对象是你"，是对浩之的母亲说的。

直到现在，柚子才明白浩之只在母亲不在时外出的原因。说和常客出去旅行，两次里可能有一次是真的，而另一次，则是母亲和儿子非同寻常的旅行的遮羞布。刚结婚时，晚上浩之不见时，这样的想象曾在柚子的脑海掠过。成人之前，儿子与母亲一直都像陌生人一样分开生活，这样的母子关系大概和普通的母子关系有所不同。而且喜世那副美丽的身体，比起母亲，女人的意味更重……但是，想象母子二人在同一个被窝里的样子，无论如何，对他们来说都太冒犯了，而且柚子实在不想相信这样的事会发生在母子之间，所以马上将这想法从头脑中挥去了。

如今像残骸一样躺在床上的男人，也只是喜世为了遮掩那种关系而挑选的装饰品而已。柚子也一样。残次的装饰品……正因为柚子是这样的残次品……把柚子因为和上司的关系而受伤的样子作为把柄捏在手里,正因如此,喜世选择了柚子做媳妇。

柚子并不是这会儿在病房里才想得这么清楚的。她的身体不由自主地行动起来,把千代带到了这间病房。在假想变成确切的结论前,身体必须动起来,因为她感到那是必须要舍弃一切逃出去的、可怕的事……

"千代女士是为了让你把她的丈夫还回来才来的。"

话不由自主地脱口而出。千代说着"行了",伸手制止柚子,被柚子挥开。她逼近婆婆。

"虽然不知道你听说了什么,但事情不是你以为的那样。千代,这不是我和你两个人之间的事吗?请不要把毫无关系的我儿媳卷进来,好吗?"

声音虽然很小,但喜世这么说的时候,柚子真实地感到自己的脸不受控地扭曲了。她就这么歪着脸,看着婆婆。不,不是婆婆。因为不管是在旅馆还是在家里,自己一次都没有被当作媳妇对待过。

哪怕是现在,喜世的眼睛,都对近在眼前的柚子视而不见。柚子缓缓地开了口。

"您的头发上有硫黄的味道呢。仙台,有硫黄温泉吗?"

七年来第一次对婆婆投去轻蔑的声音,听起来像别人一样。喜世震惊地看着柚子。千代也一样。

"昨天,千代女士说浩之的身上有这个味道……"

喜世的脸猛然崩塌。不,那也许是柚子自己的脸。下一个瞬间,这七年来一直忍耐、压抑着的泪水夺眶而出。

"你在想什么奇怪的事呢?真是蠢。什么事值得你哭成这样啊?"

喜世的声音突然变得谄媚,她故作温柔地伸出手。柚子条件反射地感到一阵恶寒,向后退了一步。

趁这间隙，千代绕到前面，像保护柚子一般挡在她身前。

"你叫柚子小姐，是吧？这种时候哭就输了呀。"

她一边说着，一边死死盯住喜世。从喜世满是泪水的眼中可以看出她的畏怯。

"喜世，这副样子一点也不像你，还是别这样了。"

千代用平静的声音说道。

"没有什么可害怕的，我想说的事只有一件。事到如今，我也不会让你把这种男人还回来。但你也没有笨到不清楚自己做过什么事，要是想对我道歉、补偿，我有一个想要的人。"

千代说完，紧紧抓住柚子的手腕。

"就是这个人。当然不是说现在马上，但万一有一天，这个人想要继承我家位于岛根的旅馆，就把她给我吧。"

柚子不禁止住了泪水，看到千代满是皱纹的脸上挂着笑容。

"这个人的娘家从你那儿借了一千万的

事……对了,还有一件事。这是我作为经营旅馆的前辈给你的忠告,趁老板娘不在时就说坏话的女招待主管,可不能留在樫津屋哟。不过我是习惯了对付那种女人的,从你苛待媳妇,到给媳妇娘家借钱的事,很轻易就问出来了……"

说着,未等喜世反应,千代对柚子道:"不是开玩笑,我真的这么想。要是你愿意的话,就往岛根打电话吧。我要回去了,麻烦你对这个病人说,在他死前,原来的老婆来看他了,不过没见面就回去了。"千代说完,头也不回地走出了病房。

柚子呆立几秒,猛地向千代身后追去。千代拖着神经痛的腿,快步穿过走廊。

医院门口刚好有下客的出租车,千代正要坐上去,就注意到了追到医院外的柚子。

"我能再说一句吗,你是不是怀孕了?看这气喘吁吁的样子。"千代说,"哎,我又没有生孩子的经验,应该说不准的。"她笑了,那笑声在车子驶离后,仍久久回荡在柚子耳畔。

柚子回到医院里,看到喜世在候诊室和护士

说话。

这次是柚子无视喜世,走回了病房。

公公还在睡着。不,只是在装睡。在两个女人战斗正酣时,这个男人……已经不是男人的男人,明明醒了却还装睡,像一件有了裂纹的古董……

好像感觉到柚子看破了他的伪装,病人微微睁开眼。那双眼是如此阴沉,他闭上眼还更有生气些。

即便如此,他似乎能感受到来人是柚子。他的手指轻轻动弹,招她过去。

柚子凑近,病人的声音像微弱的气息一般流进她的耳朵。

然而,柚子没有听完公公最后的话。中途,她有想呕吐的感觉,跑到厕所,像是要把身体对折一样,弯着腰撑在柜子上,吐出了胃里的东西。

黄色的液体,就像七年间积存在身体里的脓液。但柚子不知道这是因为从公公那里听来的话,还是怀孕的缘故。

柚子回到旅馆，对先回来的喜世道歉说："刚才对不起。"不知道是喜世什么也没对他说，还是他听说了却继续着七年来的演技，浩之还是一副和平常一样的表情，柚子也像平常一样面对他。

这样过了一周，柚子继续工作，和七年来并无二致。一天晚上，她撒谎说"娘家的母亲因为感冒病倒了，有点担心"，便离开家，先去小田原的医院看望了公公，然后乘上从小田原站出发的东海道本线。

"母亲从前就想要这个。"她还说了个谎，带上了那盆蝴蝶兰盆栽，除此之外的行李只有一个纸袋。

柚子不知道自己为什么会前往岛根。也许就像喜世在她结婚前说的那样，她和喜世是同一种女人，二十五年前喜世从岛根流落到汤河原，而她逆向而行，要从汤河原去往岛根。

公公说："我死后，能不能请你告诉千代，我曾经好几次回到岛根的家附近，但怎么也没有跨进门槛的勇气。"柚子不想通过电话，而是想面对面地告诉那个老妇人这件事，因此登上了前往岛根的列车。

还是说，这是因为一周前公公遗言般的话，还回响在她耳边。

"你最好离开那个家。我早就想说了，但始终没有今天这样的勇气。你也好，我也好，都只是那对夫妇的装饰品……那两个人不是母子。喜世没有生过孩子。喜世比一般人更好面子，没办法把比自己小那么多的男人当成樫津屋的主人迎进门，为了和他长相厮守，才需要你和我这样的装饰品……"

柚子呕吐，是因为听了那番话。公公口中说出的秘密，是比描绘母子二人睡一个被窝的泥绘[1]还要污秽、还要残酷的背叛。浩之的前妻打来电话时，要是明知电话这头不是喜世而是柚子，还说"出轨对象是你"的话……

柚子一边将七年来连自己都不曾发觉的体内

1　江户时代末期流行的一种庶民画。

的脓液吐出来，一边想到浩之前妻的这句话和其他的许多事，心里有了些数，但她对公公的话还是不能完全相信。只要见到未曾谋面的喜世兄嫂，还有那个县议员，一切都会水落石出吧。

还是说，柚子的呕吐，是次日去妇产医院确认存在于自己体内的小生命，对那个超乎想象的黑暗的家感到恐惧，在母体中呼喊着要逃走呢？如果公公的话是事实，那两个人一定会把柚子腹中的孩子抢走，当成自己的孩子。那两个人生不出孩子，柚子只是作为生孩子的工具被引诱到那个家和旅馆里，一流产，她马上就被当成累赘……不，浩之对自己那么温柔，真的只是演戏吗？她感觉这个答案也埋在岛根那片未踏足之地。还是说，七年来因背负着沉重的空白而感到筋疲力尽的身体，对这些事已经无所谓，只是单纯地非常想再见一次增井千代？

还是说，是想亲眼看一看，那片曾经出现在梦中的湖？

夜行列车被包裹在黑暗之中，窗外闪过远处

民家的细细灯火,玻璃上映着自己淡淡的、无依无靠的影子。柚子依偎着那影子,只盼这趟旅程和那个梦不同,能在目的地拨开薄纱,让她看见湖的模样。

纸的告别

纸 の 别 れ

一旦向西离开东京，出发时还晴着的天空，就变得如同浸染了墨汁似的和纸一般阴暗。终于，雨落下了。

当车内的广播通知列车到达米原时，阵雨袭击了车窗。

是这场雨的缘故吗？

桐泽混在其他乘客中间下了车，为了换乘北陆本线，登上月台的台阶。而他很快停住了脚步。

好像有什么东西忘在刚才乘坐的"光之号"列车上了。桐泽回过头。

提示铃声响着，列车的门还没关上，看上去好像在为要不要发车而踌躇。

桐泽的心中对是否继续这趟旅程，也产生了犹豫。

说是旅程，其实从东京乘两个半小时的新干线，再换乘北陆本线，坐一个半小时到加贺温泉，总共不过四个小时。但此时的桐泽已经有了持续旅行一周的疲劳感。

从上周，给一个女人打去电话开始……不，或许是从十五年前，在汤河原的旅馆里，意外地迎来和那个女人分手的时刻开始，这趟旅程就开始了。

如果现在换乘了北陆本线，或许这趟长长的旅程将不得不继续下去，直至生命的尽头……

"光之号"终于发车了，桐泽也随着摩肩接踵的人流登上台阶，走过换乘的检票口。

北陆本线的月台上已经响起了发车的铃声，桐泽的脚步似乎被那铃声催促，奔下阶梯。登上车、坐下来的同时，列车发动了。和新干线不同，说是特急列车,但速度也不快。旅程就这样不容分说地继续,和桐泽空无一物的内心步调一致。

果然,有什么重要的东西忘记了……

打在北陆本线车窗上的雨渐渐平息,那雨水好像渗入了桐泽的内心,令他脑海中蓦地粘上一张脸。那张想忘也忘不了的脸,犹犹豫豫地浮现出来。

是东京的妻子的脸吗,还是早在十五年前就分手的那个女人的脸呢?

在新干线上,桐泽一直在想那个女人的事。他看着西边渐渐变暗的天空,想起自己和那个女人为了追逐樱前线[1]去东北旅行的那个春天。那年春天樱花的开谢都比往年早,两人没能按计划去千鸟之渊赏花,最终只是在女人的房间里听着宣告东京春天终结的泠泠雨声……与桐泽亲热后,女人用带着余韵的声音说:"去东北的话,还能赶上春天。下周能去仙台附近吗?"她好像不是在

---

1 预测日本各地樱花开花日期的地图线。

对桐泽说，而是对体内幻景般盛开的花说，语气听起来像是自言自语。一周后的礼拜日，桐泽对妻子谎称出差，和女人乘上了去仙台的列车。接近仙台时，天空染上黄昏的颜色，在桐泽的记忆之中，它比后来看过的青叶城的夜樱更鲜明……好像预示着花朵的盛放，越往北，天空的颜色就越浓，与当晚在仙台旅馆拥抱过的女人的肌肤重叠。直到今天，桐泽的体内仍残留着色彩浓郁的影子。

当时，女人即将迈入三十岁大关，比她年长一轮的桐泽则年过四十，但两人的身体在那个春天一起盛开了。

上周的礼拜一，桐泽时隔十五年给那个女人打去了电话。从约定在北陆的温泉旅馆相见开始，桐泽就感到，这次要向相反的方向，朝西去追逐盛放的春天了。

但是，如今自己已进入初老的年龄，这身体能追逐盛放的花朵到哪里呢？

与十五年前的仙台之旅相反，桐泽透过因为

陈旧而变得灰暗的新干线车窗眺望,不安地感到,连天空也衰老了。

但是令他踌躇的原因,并不只是年龄。

在挂断那通相隔十五年的电话前,女人说:"这次我也有丈夫喽。"话语中混杂着隐约的笑声……今天早上出门时,妻子用毫无抑扬顿挫的奇妙的语气说:"在路上考虑一下离婚的事吧。"

两个女人的声音,混在梅雨时节晦暗的雨中,渗透进桐泽康年五十七岁的身体。

女人的名字叫藤仓柚子。

石田柚子曾在一家大型建设公司,作为桐泽的下属工作了将近八年时间。之后她成了樫津柚子,时隔十五年,上周在周刊杂志里看到她的照片时,她改姓了藤仓。

桐泽清楚地记得和柚子关系变得亲密的日子,还有两年后分手的日子。还有柚子的生日,在她二十八岁生日那晚,两人稍微庆祝了一下,一起吃过饭后,他带她去了酒店。三十岁生日那晚，两人也去了汤河原准备庆祝，结果在那个温泉旅馆迎来了唐突的分手。

也许感到唐突的只有桐泽，柚子早已下了分手的决心，所以才从汤河原那家旅馆给桐泽的妻子打去电话，直说："您丈夫和我一起来泡温泉了。"

不，她真的下决心分手了吗？还是说相反，她或许下了决心这次要把桐泽从他的妻子身边抢过来？不管是哪边，因男人的态度暧昧而摇摆不定的柚子，站在三十岁大关的门口，决定最后赌一把，从出轨现场给对方的妻子打了电话。

柚子赌输了。桐泽的妻子让当时还是小学生的女儿给旅馆打去电话，说："妹妹发烧快到四十度了。"

当时桐泽的妻子对丈夫还有执着，不管用什么手段都要让丈夫回家，虽然柚子斥责桐泽妻子让孩子打电话的"卑怯"行为，但她确实输给了桐泽妻子的气魄。

桐泽也一样。电话打来的那一瞬间，他就知

道，就算女儿生病了是真的，发烧到近四十度也是说谎。尽管知道，桐泽也只能起身。那天的焦灼仿佛就在昨天。那时，他沉默着站起身，准备走出房间，背影却在拼命地等着柚子开口。只要柚子说一句挽留的话，他应该就会沉默着点头，最终下定决心舍弃妻子吧。桐泽不知道柚子为什么要给他的妻子打电话，在那种情况下，只能理解为她有强烈的分手的决心。

结果柚子什么也没说，桐泽背着空虚的身影走出旅馆。即便如此，他还是不愿相信这突然的分别就是永久。坐在高速行驶的出租车里，他还不断地在心里说："现在还能回去，回去，自己主动开口，让柚子成为自己的女人……"

然而，就像柚子没说出口的话没能传递给桐泽一样，桐泽心中的呐喊也传不到柚子的耳朵里。

不，其实出租车下了高速公路后，他曾让车停在街角的电话亭，给旅馆打了一个电话……

接电话的应该是老板娘，她说："刚才和您一起的客人，现在和我们家儿子出去喝酒了。"他感觉柚子就在旁边,便认为是柚子对前来服务的老板娘简单说明了事情经过,并让她撒了这个谎。

是在哪个街角呢?电话挂断后,用汗津津的手攥着话筒戳在原地的男人,停在一旁的出租车,车里一边打哈欠一边投来轻蔑一瞥的司机——他都记得。

第二天起,柚子休了好几天假,之后来上班,便和平常一样地工作,然后在一次需要给材料盖章时走近桐泽的桌子,拿出了辞呈。

"理由是?"

"我要结婚了。"

两人在公司里隐瞒了彼此之间的关系,在周围人多眼杂的地方,他们只能以上司和部下的语气对话。

"……有这样的人了吗?我没注意到呢。"

"两年前那个人就向我求婚了,但总拖着没回应……终于在上周下了决心。"

桐泽想以上司的样子笑一笑,但最终没能笑出来,用无表情的眼神看着柚子。

柚子用比他更干涩的眼神回看桐泽，把装有辞呈的信封往前推了几厘米，沉默着低头示意后转身离开。

说要结婚，是在撒谎。从公司辞职是为了和桐泽分手，结婚只是借口而已吧。但是，柚子的想法仅此而已吗？

桐泽认为，柚子还没有下定决心分手。因为两年前向柚子求婚的"那个人"说的不是别人，正是桐泽。

两年前，两人有了肉体关系后，桐泽很快就说要和妻子离婚，和柚子结婚……

柚子提到两年前的求婚，是为了给开空头支票的桐泽最后的讽刺吗？还是说，她真的有别的男人呢？

桐泽想了很多种可能，怎么想都觉得柚子的辞职不可能只是分手宣言。甚至相反，说不定柚子是想通过那封辞呈让自己动摇。一边说着"想和你结婚"，一边无法下定决心和妻子离婚的男人，犹豫，迷茫，好像被冻住了一样。说不定柚子是为了推这男人一把,这次拿出了最后的赌注——

"两年前那个人就向我求婚了,但……"

比起这句话,桐泽更在意的,是将辞呈推出几厘米的柚子的手指。

那时,柚子用左手推出信封,左手只有无名指的指甲上涂了指甲油。

虽然只有一瞬,但他相信自己没有看错。其他手指的指甲上没有指甲油,只有无名指的指甲是鲜红的……浓烈的红色射向桐泽的眼睛。

堆满干燥纸张的金属制办公桌上,那一点红简直像是异次元的东西。手指明明静若处子,但那指甲上的鲜红色,却在拼命地叫喊着未能在汤河原的旅馆朝男人的背影说出口的话……桐泽的感觉很强烈。但是,他认为柚子对自己还留有执念,或许正是因为他自己的执念。

柚子从公司辞职后,有段时间桐泽每周都会打去一次电话,但回应他的只有忙音。三个月后年关将近,有一天回家前,在地铁站里,桐泽打去的电话终于被接听了，但一听出是桐泽的声音，柚子立刻说："对不起，从那之后我跟别的男人交往了，就不要再联络了……"

柚子的语气十分干涩，还没等桐泽找到回应的话，她就挂断了电话。

电话挂断的声音，比柚子的声音还要冰冷。

桐泽发觉，以指甲的形状印在桐泽身体里的那一抹颜色，不是柚子的留恋，而是自己的留恋。但无论如何，他只能选择忘记。

虽说如此，桐泽还是个四十二岁正值盛年的男人。越是想忘，柚子指甲的颜色就越鲜艳地浮现在他的脑海中，拨动着他的内心深处。

转过年来，那一年的夏天即将结束时，好像应和着季节的更迭，桐泽体内伤痕的颜色似乎也渐渐地变淡了……正好在那个时候，他从柚子的前同事那儿得知了有关柚子婚约的消息。

令人意外的是，她的结婚对象正是与桐泽分手那天所在的那家汤河原旅馆的独生子。那是全国知名的高级旅馆，桐泽之所以带柚子去那里，是因为经常旅游的朋友的推荐，纯属偶然。柚子应该也是第一次去那家旅馆。他隐约记得，那家的独生子是个皮肤白皙、一副少爷模样的纤细青年，却不知道柚子和那青年是怎么走到一起的。

传言说，柚子头一次住宿就被那间旅馆的老板娘看上，一定要她做儿媳妇，因此飞上枝头变凤凰了。桐泽记得老板娘。老板娘那年龄成谜的娇艳和风韵犹存的身姿，充分体现了老铺旅馆的风情。那一晚，桐泽回到东京后给旅馆打去电话，老板娘接电话的声音和她的身姿重合，令桐泽觉得传言并非空穴来风。

只是，那个看上去就很精干的老板娘，应该不会看不出桐泽和柚子的关系——用现在的话说，就是不伦。明明知道一切，为什么还接受柚子成为老铺旅馆的新娘呢？他不知道。还有柚子的想法，更无从把握。

之后很快，两个收到婚礼请柬的员工，理所当然地认为顶头上司桐泽也收到了请柬，随口问"课长也会出席吧"，桐泽才知道婚礼就在一个月后举行。要是让别人知道自己没有收到请柬,会令人起疑,他便糊弄道:"啊,不过那天正好也是我的一位大学后辈的婚礼。"桐泽往柚子的娘家送去了祝贺新婚的花,想以自己的方式为这段关系画上句号。然而,意外的事情发生在一个月后的礼拜天早上。

那天,妻子静江吃完早饭,说:"你今天带孩子们去游乐园玩吧。"并难得地从衣柜里取出和服,站在卧室的镜子前开始穿。

"你要去哪儿?"桐泽问。

"汤河原。"妻子答完,停下了背在身后正要系腰带的手,从镜中不可思议地看着丈夫因困惑而扭曲的脸。

"去参加婚礼?"

"嗯。"

"但是,请柬……"

"请柬寄来了,你不知道吗?我在'出席'一栏里盖了章,寄回去了。"

"为什么擅自做这种事……"

妻子诧异地看着眉头紧皱的丈夫，开口道："哎呀，还以为你知道呢……我以为是你自己不想出席，才让我代替你去的。因为请柬上邀请的人不是你，而是我呀。"

说着，妻子的唇边浮起微笑。她仿佛在享受丈夫吃惊的表情，含着讽刺的微笑，又好像看破了那个情人只给身为妻子的自己送请柬的心思。

"那个人，心很细呀。你不出席很奇怪，出席了又让人头疼……要是夫妻一起去更令人头疼。真聪明啊。不让你出席而让我去，对我对你，还有对她自己，就都有交代了。还是说太愚蠢呢？也许，她只是想让我看看，她找到了比你这种人好得多的男人，抓住了更大的幸福呢。"

静江将腰带紧紧打结，好像要把身体绞住："但我才笨呢。自作主张地回应了把这个家搞得一团乱的狐狸精的挑衅，好像专门去解决这桩事似的……公司里的其他人也会出席吧，我该怎么解释呢？"

她一边问，一边再次从镜中向丈夫投去微笑。

那是只冻结在唇角的冰冷的微笑,眼眸深处好像有细细的针。

自己是怎么回答的,在时隔十四年的今天,桐泽已经记不清了。

那天傍晚回来的妻子,没有提及婚礼的事,到家立刻换上平常的衣服,说:"今天去外面吃吧。"桐泽记得一家四口去了家庭餐厅,还记得回家把孩子们哄睡后,妻子不经意地对正在看新闻节目的他说:"真是个比想象中还要好胜的人呢。"

"在新娘休息室里,有一段时间只有我们两个人,我问她:'我老公没来出席婚礼,要怎么对公司其他人说才好呢?'然后她板着脸说'照实说也不要紧'……当然,她知道我不会那么做。"妻子接着说,"我知道的时候你们的关系已经结束了,真是太好了。因为,我虽然比她大四五岁,但和那个人斗的话只有输的份吧。以那个人的强势,比起做个普通的家庭主妇,做樫津屋那种旅馆的老板娘更合适。"

妻子以这种讽刺的方式称赞了她,但从此之

后再也没提起过柚子。

再也没提起，在那之后的十四年间——直到上周。

本来，桐泽从汤河原的旅馆回来的那晚，静江也只问出了石田柚子这个名字，以及她在公司里和丈夫的关系，然后理所当然地说："这样，你和那个柚子小姐的关系已经结束了呢。"之后的一年里，直到柚子婚礼的当天，她都没提起过柚子的名字。

没有邀请自己，反而邀请自己的妻子来参加婚礼的柚子，以一副无事发生的表情接受邀请的静江，桐泽不知道哪个更强。

静江的性格里，有种与生俱来的沉着冷静。大女儿上小学后不久，从学校的台阶上滚落下来，头上受了很严重的伤，缝了四针；小女儿有次被车子碾到，一条腿骨折，两个月才完全治好。这些时候，在慌乱的桐泽身边，静江总能面不改色。

但不是说她冷漠。

与几乎没有赘肉的纤瘦的柚子相比，静江

虽然也很瘦，但给人的感觉像是裹了一层纯棉衣服般柔软。她声音温润，给人落落大方的印象。大女儿出生后不久，桐泽的哥哥去海外赴任，他们便把桐泽的母亲接来家里，住了近一年，婆媳之间没有起过一次冲突。和嫂子斗累了的母亲评价说："静江人老实，真好哇。又意外地很能干。听得进我的话，在带孩子上不知不觉间也能有一套自己的办法。"没有比这番话更能描述静江这个女人的了。

静江也有她的不幸。

结婚后不久，静江娘家的父亲就去世了，去世时还不到五十岁。静江的第一个孩子也流产了。即使这样，她也用柔软的肌肤将自己的不幸吸收掉，不曾表现得焦虑或心神不定，也没有波及周围的人。

她处理桐泽第一次出轨的方式，最能表现其性格。

柚子说"让孩子打电话真是卑怯"，桐泽自己也有这种想法，但仔细想想，静江既没慌张也没大闹，她采取的也许正是最能平息风波的聪明的方法。

沉迷于柚子年轻的身体的两年，也许还不至于称之为"出轨"，但连丈夫那种热烈的情感，静江也用棉或和纸似的肌肤吸收了，仅将丈夫的行为当作男人一两晚的出格……

桐泽没有那么简单就忘了柚子。十五年，不……最后也没能完全忘记柚子。

但是，桐泽想起柚子，仅限于在公司工作感到疲惫、点上烟的时候，以及傍晚或夜间才走出公司，感到松一口气的瞬间。只要一回家，被妻子创造出的平稳的家庭气氛包围，他就会自然而然地忘记柚子的事，忘记自己曾出轨的事。

柚子在汤河原那夜之前从未接触过静江，连在那通电话里，都没听到静江的声音，但她从桐泽身体的某处感到了他妻子沉稳的性格，令她觉得自己输给了那份柔软。桐泽想，那时，面对柚子那如同亮出的刀刃般的激情，如果妻子也是那种亮出刀刃回击的性格，为此大哭大闹的话，说不定自己真的就舍弃家庭跟柚子走了。

但是，他也没有简单地认为妻子完全原谅了那件事，完全忘了那件事。

这十五年来，桐泽在公司渐渐构建起了自己的地位，随着职务的晋升，责任也更重，常常做噩梦。比如开会时从包里取出准备好的材料正准备宣读，却发现是白纸这种焦灼急躁的梦。

从那以来，妻子稳重的脸上，偶尔会浮现出白纸似的面无表情，让他感到瞬间的恐惧。

也许是因为不管过了多久都无法忘记柚子而产生的愧疚在作祟吧。这份恐惧本应像噩梦一样，很快就被忘掉，但是——时隔十五年，上周的某一天，妻子和平常一样迎接了照常回家的桐泽，吃完饭，一边拿出周刊杂志来读，一边说出了"离婚"两个字。

抵达加贺温泉时，雨还在下。

因为不是旅游旺季，游客稀稀拉拉，月台和站前广场上飘荡着寂寞的空气，很难相信这里居然是全国首屈一指的温泉乡。

"去山代温泉的'枫叶屋'……"

坐上出租车,把目的地告诉司机后,车子马上发动了。

从打去电话那天起还不足十天,马上就要和柚子重逢了,桐泽觉得不可思议。十五年前坏掉的钟,一旦再次转动,就以难以置信的速度运行,将桐泽推向那个站在十五年开外的,遥不可及的女人……

上周的礼拜一晚上,妻子拿出的周刊杂志上,刊载了一张题为"湖畔旅馆的美人老板娘"的照片,照片上的女人是柚子——他却没能马上认出她来。

柚子的脸几乎和十五年前一样年轻,与他记忆中的容颜分毫不差,但穿惯了和服的柚子,已经变成了另一个女人。

"真是奇妙的偶然哪。因为想看'离婚后过着怎样的人生'这个特辑才买的周刊杂志,没想到会再看到这个人……"

妻子接着说："据说她如今不在汤河原，而是在宍道湖附近经营一家旅馆。文章说她似乎吃了不少苦，不过，和我想的一样，她是那种能从辛劳中吸取养分，然后变得更美的人。你要是想见她，下周去关西出差的时候，顺便去她那儿一趟怎么样？"

桐泽的眼睛还没来得及准确对焦到照片中女人的脸上，妻子又说："不，就算不顺路，也要抽时间去见她。这个秋天，孩子们也能完全自立了，我正好想要和你离婚。不知为何，我总觉得，要让你回顾和我的婚姻生活并做一个决定，你有必要去见一下这个人。"

静江说"这个秋天"，指的是二十三岁的小女儿即将结婚的事。小女儿在两个月前订婚，对象是跟桐泽的公司有往来的银行职员。在报社工作的大女儿前年也和同事结了婚，住在位于成城的高级公寓。

十五年前发觉柚子的事时就已经决心要离婚，却一直忍到两个孩子成人——

这便是妻子的话外音，而桐泽没能做出任何回应。第二天早晨，他在车站前的书报亭买了那本周刊杂志，在早高峰的电车上翻开，久久注视着柚子的照片。

这个专栏每周都会介绍一位国内温泉旅馆的老板娘，建在岛根县松江市宍道湖畔的"增井"的老板娘藤仓柚子，穿着蓝色的和服，四十五岁的脸上浮现出从容的笑容。

在他们分手之后，过了两年，桐泽听去汤河原旅馆玩的同事说："虽然她婆婆看上去挺可怕的，但丈夫很温柔的样子，应该过得非常幸福。"这是他最后一次听到关于柚子婚姻的传闻。究竟是怎样的命运，将她从汤河原冲到与日本海相连的宍道湖边，桐泽不得而知。

"三十一岁时舍弃东京的OL生活嫁到汤河原的老铺旅馆，老板娘是比自己还要青春美丽的婆婆，一直坚持老式的经营模式。因为觉得在这样的旅馆里无法发挥自己真正的实力，于是在八年后离婚。偶然遇到在岛根经营旅馆'增井'的老板娘千代女士，对她的生活方式产生共鸣，便协助千代，将当时和民宿没什么两样的小旅馆，变成了需要至少提前一年预约的人气旅馆。'规模和过去一样，连最宽敞的房间也只有十叠，如果通过体贴到位的服务，客人能感到心里很敞亮就好了。'柚子女士微笑着说。旅馆中的每个房间都能透过窗户看到广阔的宍道湖，而最令人感到宽敞透亮的，是柚子女士满溢的笑容。"

这之后，柚子继续讲述了自己的辛劳：一边抱着与前夫生下的还在吃奶的孩子，一边为满是旧伤、破破烂烂的旅馆背上三千万日元债务，想出各种点子使它焕发新颜。她先讲道："六年前千代女士一个人经营时，我现在的丈夫，就站在料理台后面工作。他是个一心只有料理的老实人，我们在一起很幸福。"如此介绍后，她接着说："但是，我是冲着妈妈（千代女士）嫁的。之前我对丈夫说'就算有一天和你分手了，我也要和妈妈白头偕老'，丈夫回答'我也已经和厨刀结婚了'，然后我们都笑了。丈夫是我扩建这间旅馆的重要伙伴，我从妈妈那儿得到了血、泪、发自肺腑的笑等许多供我活下去的东西。因为妈妈，我才能实现'自立'的生活方式，这是我从普通的OL生活中得不到的。"

柚子口中的"妈妈"就是增井千代，杂志上刊登着柚子和她的合影。照片里的老年女性体格硬朗又土气，板着一张看上去很顽固的脸，但因为旁边的柚子笑得很安心，两个人看上去简直像亲生母女一般。

如果只是因为这篇报道，考虑到东京到岛根的距离，桐泽也许不会去见这个和自己过着迥异人生的女人。

但是，报道的末尾，增井千代说："让柚子将这间旅馆发扬光大的，不是我，而是一个男人。我虽然不知道那是个怎样的男人，但是我知道，因为过去从男人那里受过的伤，柚子才走到了今天这一步。所以如果有失恋的年轻女性一个人来旅游的话，我会鼓励她们：'请再多受一点伤吧。'"

"老板娘温柔的微笑背后隐藏的过去，是上

一代老板娘悄悄告诉我们的——"结语道。

妻子静江之所以在提出离婚时还让桐泽去见见这个人，绝对也是因为看到了上一代老板娘的这番话。

柚子称之为"妈妈"的老人的话，不知道是否也是柚子自身的想法。看着柚子满溢的笑容，桐泽感觉，当年的伤只不过是久远的过去罢了。

虽然文章里写的都是漂亮话，但如果仔细读的话，就会看到一个女人孤身从东京到汤河原，再到松江，在命运的捉弄下，不断翻开人生的重要篇章，勇敢地与浊流般的命运战斗的历程。

桐泽知道，十五年前，让这个女人的命运变得坎坷的人是自己。比起柚子那看上去很幸福的微笑，他更相信增井千代口中她的"伤"……但是，桐泽已经五十七岁了，他很清楚，男人这东西，就喜欢摆出一副施害者的模样，为自己平庸的人生找补。

就算去见面也无济于事。这个女人如今正和别的男人幸福地生活着，如果只为揭开过去的伤疤而出现在她面前，只会被投以冷淡的眼神和轻蔑的笑声，一脚踢开——

这么想着，桐泽在下班前，一度下定决心要对妻子斩钉截铁地说出昨晚没说出口的话："我不想去见过去的女人，也不想离婚。"在银座应酬完外地来的顾客后，桐泽叫了辆出租车回家。想着不能把那本周刊杂志带回家，不如丢在车上，便要从包里拿出来……但是，那一瞬间，指尖仿佛有什么东西流出。他紧紧地握着杂志，说："司机师傅，能不能在那边的公共电话亭稍微停一下？"

车子驶向街角，桐泽下车，走进十五年前那晚的那个电话亭。他翻开杂志，拨了上面刊载的松江的电话号码。

"您好，这里是增井。"

传来女人的声音。不，可能只是酒劲上来，头脑混乱了。

"那个……下周的星期三，想去那里住一晚……"

"不好意思，因为房间少，下周已经全满了。"

声音听上去充满抱歉。

"这样啊。"桐泽答道。正想挂断电话时,女声从话筒那边传来:"那个,难道是……桐泽先生?"

"……"

"啊,要是认错人了真是抱歉。"

"是我。"

"好久不见。还好吗?"

那声音无忧无虑,令人十分怀念,一下子就将桐泽心中十五年的岁月和到岛根的路途疲惫一扫而空。

"嗯。应该由我向你问好……我在杂志上看到了你,正好下周要去大阪出差,想着提前一天出发去你那里住一晚。不过,要是不行就算了,下次有机会再说……不过,你听得出我的声音哪。"

"总感觉你会打电话来。不,与其这么说,不如说是在打赌。赌桐泽先生看了那本杂志会打电话来……妈妈说的话或许是真的。报道的最后不是有妈妈的话吗?我说都是托妈妈的福,说得有点夸张了,妈妈才难为情地说了那些话……不过丈夫听了不太高兴，真是非常头疼，为此我还对妈妈生气了。但要是能让桐泽先生打电话来的话，我想妈妈的话或许是对的。"

"……"

"果然，和桐泽先生之间的事是伤呢。"

声音突然变得遥远，桐泽不知如何接话。"已经是十五年前的事了，就算过了时效吧？"玩笑中混杂着些许苦笑。

"嗯。不说那些了，就算下周三你不能来岛根，我们也能约在北陆见面。山代温泉有家旅馆用柿染的和纸做壁纸，我们家这次要增加四个房间，为了参考，我准备一个人去参观。山代温泉的话，第二天去大阪也方便。"

"这样啊……"

桐泽不可思议地发现，和柚子对话的节奏还留在身体里，自己的声音十分自然地缠绕上柚子的声音，约定了具体的事宜后挂断了电话。

和十五年前一样，出租车司机向电话亭这边投来怀疑的目光，但他的手没有马上松开话筒。

桐泽的目光像钉子一样钉在电话机旁的杂志上。那天一整天，桐泽最在意的不是增井千代的话，也不是柚子满溢的微笑，而是照片中穿着和服的柚子放在膝盖上的手。

柚子的右手和左手自然地重叠着，放在膝上。

但是，仔细看的话，就会注意到左手的指尖部分隐藏在右手之下。右手的指甲没有涂指甲油，十分清秀，但总感觉柚子是在刻意用右手挡住左手的指甲。

柚子会不会像十五年前一样，只在左手的无名指上，涂了极鲜艳的红色指甲油呢——昨天晚上，妻子静江给他看杂志上的照片时，桐泽最在意的就是这一点。

对桐泽来说，柚子遮住左手的指甲，好像是对自己……仅对自己，有什么要倾诉。

柚子左手那根手指的指甲，会不会还残留着十五年前的颜色呢……这是他现在最想知道的事，所以才给柚子打去了电话。

桐泽想。

刚才柚子在电话里的回应，比他想象中要热情得多。

柚子在等着桐泽的电话。桐泽想要见面，柚子也是一样。比起看到这本杂志的其他数十万个读者，柚子最想让桐泽看到。

不仅如此。桐泽对两人的密会，多少有想回避的心情，但柚子却主动邀他去山代温泉，还在电话挂断之前说"这次我也有丈夫喽"。她好像在暗示想和桐泽单独见面，同时又刻意提及丈夫的存在，这正是柚子比桐泽更期待这场时隔十五年的旧情重逢的证据。

自那之后已经过了十五年，桐泽的肉体不再年轻。杂志上的柚子和过去没有两样，作为女人，比过去更成熟了。可在看到她的照片的一瞬间，桐泽并没有感到如过去那般激烈的欲望。

虽然有和这个女人重温旧梦的欲望，但这份欲望和自己之间存在着某种距离。对桐泽来说，如果自己真的是造成一个年轻女人命运坎坷的罪魁祸首，那么他现在打这个电话，应该是为了亲眼、亲耳确认这个女人现在过着幸福的生活,从而让自己安心。

但是,比桐泽小一轮的柚子的身体,如果用花来比喻,那就是正处于一边迎来最后的盛放,一边结出果实的时期,而且是丰满的、熟透的果实。

和那时丝毫未变,却更添了作为女人的成熟韵味的柚子的声音,令桐泽想起了十五年前那抹鲜艳的色彩,对此,他自己也很吃惊。

只涂染在左手无名指上的红色指甲油,仿佛是结婚戒指的代替——

通过电话听到了时隔十五年的柚子的声音,桐泽感到,沾染在记忆中的那一抹颜色,是残留在年近六十的自己体内,仅有的青春。

他想,自己和柚子的这十五年,彼此分离,过着各自的人生,是不是通过那抹指甲油的颜色连接着呢……

"马上就到了哟。"

车子开上坡道时,司机说。

因为下雨,温泉街看上去寂寥得很,有点煞

风景。驶过街道尽头,车子进入山中。好像要一改梅雨季节的阴郁,浓密的绿意如河流般袭上风挡玻璃,掠过桐泽的眼睛,然后向后方流去……马上又有新的绿意涌上来。

但是,此刻占领桐泽身体的,是柚子指甲上的那一点红。

在北陆本线的列车上,桐泽数次想起了妻子的话。上周,给柚子打完电话回家后,桐泽向妻子坦白了和柚子约见面的事。

桐泽并没有说两人约定的时间和地点,妻子静江也没有问。妻子主动提出的"离婚"二字,好像也被她柔软的肌肤所吸收,她的脸一如往常地平静。直到今天桐泽出门时,她突然说:"在旅途中考虑一下离婚的事吧。"送丈夫踏上旅途的,就是这句话。

在列车上,桐泽既想起了柚子指甲的颜色,也想起了妻子的话。现在,马上就要和柚子重逢了,妻子的声音渐渐远去。鲜红的颜色占据了桐泽的大脑,支配着他的身体。

出租车驶入一片好像把山削掉一块的空地，停了下来。

空地往里，是雅致的旅馆玄关，里面的员工注意到停下的出租车，马上出来了。

"我是从东京来的桐泽。"

桐泽在前台自报姓氏。上周柚子在电话里说，只要报上姓氏就行了。

"好的，那个，您的同伴应该在房间等着您……请在那边稍作休息。"服务员说。

桐泽在大厅里享用着旅馆招待的果酒。虽然是日式旅馆，大厅却是像美术馆一样的西式风格，被白色的寂静包围，透过带状的窗户可以看见庭院里的绿意，像画卷一般。

可能是因为刚到三点，周围没有其他客人。

酸甜的果酒滋润着干渴的喉咙，也抚慰着与十五年不见的女人重逢所带来的近似不安和焦灼的期待。

等了一会儿后，女招待带他到房间，除了两间和室之外，还有一间地板铺了竹子的豪华房间。

踏进"竹之间"之际,桐泽紧张得心怦怦直跳,但房间里一个人也没有……

"同伴在别的房间吗?"

"是的,但是她说让您在这里等……因为这间房宽敞,视野也好。"满头白发的女招待环视房间,"真奇怪,刚刚来看的时候,还坐在这里看着庭院的。"说着,视线流向"竹之间"对面的侧缘。

枫树的叶子铺满视野。

"我去对面的房间看看。"女招待说着走出房间。

漆木桌子上还残留着人的气息。

桌子上摆放着五六个用和纸折的鹤和风车等小物。房间的装修很讲究,家具也很漂亮,桐泽一开始以为放在上面的是桌子的装饰,但他发现有一只纸鹤只折到一半。好像是正准备折第二只纸鹤时发生了什么事,离开了房间……

女招待终于回来了,说:"十分抱歉。您的同伴,好像在您到达之前就回去了。说有急事,不得不回去……还说真是非常抱歉,之后会给您打电话。"

"这样啊……啊，没什么。我正想一个人悠闲自在。"

这并非找补，而是自然而然从口中说出的话。

从上周那通电话起，桐泽就因为这次的重逢，被不安、期待等乱七八糟的想法搅得一团乱，内心某处产生了类似放弃的想法："其实还是不见面为好。或许发生点意外导致不能见面才好。"

柚子那边是不是也这样想？

说不定，先到达的她在这个房间里等待，眼看男人抵达的时刻迫近了，突然对见面感到害怕，所以逃走了。

桐泽在上周的电话里说，他会搭乘三点左右抵达的列车。

从折到一半的纸鹤上，可以感到女人犹豫了，在三点迫近时，被自己也未曾想到的恐惧所压倒。

与其说见面很可怕，或许应该说事情变得难办了。女人抵达旅馆后，便站在见和不见的界限上折着纸。折痕像剃刀的刀刃般锋利。是见面好，还是不见的好……她在两种想法之间左摇右晃，那条界限却出乎意料地笔直，的确是柚子的作风。

"这和纸是？"

散布着浓淡不一的褐色斑点，真是有意思的和纸。

"是柿染，这里的名产。"女招待说。

"柿染？"

桐泽想起电话里柚子说的"用柿染的和纸做壁纸的旅馆"，重新环视房间。壁龛里的挂轴、桌上的折纸用的都是相似的和纸，仔细看的话，墙壁好像是淡奶油色的和纸。

"是用柿子染出来的。可以防虫，适合做电灯罩和壁纸。"

桐泽想起大厅里放着几盏造型独特的台灯，都是用类似的纸做的。

"这些纸鹤和纸帆船，都是我同伴折的吗？她什么时候到的？"

"大概一个小时之前。"

"这些和纸是这房间里的吗？"

"不……应该是大厅的小卖店里卖的。"

泡完茶，女招待如此答道，然后突然转换话题，问："您准备几点用餐？"桐泽回答"六点"，女招待说了些寒暄话便匆匆离开房间。

虽然桐泽感觉女招待是在逃避自己的问题，但此时折纸上好像还残留着柚子指尖的触感，夺走了桐泽的注意力。

这些纸鹤看上去与和纸特有的柔软质地不同，有着近似于蜡纸的顺滑触感。纸鹤羽毛附近的褐色较淡，接近肌肤的颜色。记忆的黑暗中浮现出柚子的肌肤，与这个颜色重合，桐泽感到心中微微疼痛。

还是不见的好，就算可以重温时隔十五年的旧梦，凭自己现在的身体，不知道还能不能像过去那样拥抱柚子。

还是这样的好……

虽这样想，可伸手触碰到纸鹤时，桐泽忽然觉得，今夜是拥抱柚子最后的机会。哪怕柚子答应再见他一次，到那时，他身体里可以用来拥抱柚子的青春，大概是一点都不剩了。悔意生出细微的疼痛。

但是,与十五年前在汤河原那家旅馆突然遭遇分手之后,持续了近一年的强烈后悔相比,是完全不同的两种情绪。

凭现在的年龄,他可以轻易地忍受细微的疼痛。桐泽想起刚才女招待说的"防虫",轻笑出声,挥散了突然袭上心头的悔意。

是这柿染的和纸,令今日的二人分别的……这和纸,从柚子身边驱赶了只会侵蚀她如今的幸福生活的害虫男人。

桐泽自嘲地笑了,抹去自己体内令他疼痛的一点红色。

走出侧缘,桐泽的身体沉浸在满园绿意之中。雨还在下,但并不显得阴暗,树木的叶片透着光。新鲜的绿意反而将梅雨时节的污雨洗刷干净,掠过叶间的雨滴像透过枝叶漏下来的阳光,微微发亮。肉眼几乎无法捕捉的细微的光,将枫叶分出浓淡……仿佛铺着刚染上绿色的鲜亮的和纸。

与庭园里的绿意相比,柿染的和纸真是枯涩

无味,与其说像柚子的肌肤,桐泽觉得更像年届五十七岁的自己的皮肤。桐泽想用这份真正的年轻的绿意,将自己开始干枯的身体中残留着的尚未枯尽的、虚假的青春给驱逐出去。

他本来是这么打算的。

但是,在房间里躺了一个小时之后,去大浴场享受完顺滑的温泉水,他的体内深处不可思议地渗入了不能和柚子重温旧梦的悔意。庭院中的绿意像要冲破玻璃窗似的涌上来,温泉水被绿色浸染,这份绿意也染上了桐泽将要干枯的身体……

除了桐泽之外,还有两个人在泡温泉,一个老人和一个年轻男人。年轻男人站起身时,桐泽不自觉地将目光从他身上移开。要说年轻,也是四十岁前后的男人了,那副身体被树叶的绿意浸染,温泉水从上面滑落……这是十五年前自己的身体。岁月不饶人,现在自己的这副身体,终究是不能弥补光阴的流逝了。

或许是因为水质不错,从温泉里站起来时,

桐泽觉得自己五十七岁的身体也焕发出了光彩，尽管只有些微。

走出浴场时，油纸伞和木屐已经为他准备好了，于是他步入庭院。黄昏静谧，桐泽撑着伞在庭院中闲步。

庭院呈山谷形，沿着细细的道路往下走，回头望，不知不觉，旅馆的建筑物就像浮在树梢之上。

树叶像天花板一样铺满上空，木屐被树根绊到时，和身体一道倾斜的伞拨开树枝，桐泽窥到了上方的视野。

不知哪间房的侧缘上，坐着一个女人，还穿着和服……

只是一瞬间。桐泽扶住树干支撑住身体，慌忙用伞再次拨开树枝，那里已经没有了女人的身影。

虽然每个房间看起来都差不多，但桐泽觉得那间房离自己的房间很近。

桐泽急忙奔上坡道。他大口喘着气，总算穿过大堂，回到了房间。

但是，没有人。

桐泽回到走廊上张望。其他房间的门里都很安静。

是柚子改变心意回来了吗？桐泽这样猜测，但哪儿都没有她的影子。

即便如此，以防万一，桐泽还是折返大堂，坐在沙发上装作悠闲，观察客人们的动作。

虽然有人穿着浴衣，但没有穿正式的和服的女性客人。用餐时间临近，来回忙碌的女招待们，都穿着茄子绀色的制服。虽然刚才只是远远地望了一眼那个女人，不过桐泽确定她穿的是颜色更淡的和服……

不，仔细一想的话又无法确定，那个女人仿佛幻象一般一闪而逝。脸自然不用说，就连年龄和体形都没看清。

也是下雨的缘故，山间夜晚的气息已经迫近庭院。马上要到用餐时间了，桐泽准备去小卖店看看就回房间。

说是小卖店，但和一般的纪念品商店不同，以和纸的展示和贩卖为主，像是一个品位不低的小美术馆。从抵达这家旅馆到离开的仅一个小时的时间里，柚子在这家小卖店买了和纸，又用和纸折出了纸鹤和帆船。这行动多少有些不自然。不过在店里看了看他就明白了，虽说都是柿染的和纸，但就像和服的布料一样，有着各种各样的配色。他想，柚子最初的目的就是看看和纸，先买了和纸，在男人到达之前，将各种心思用折纸的方式排遣出去，这也绝非不自然。

很快，晚饭端来了，是有很多北陆海鲜的奢侈料理。但桐泽的注意力不在这上面。

"今天有穿和服的女客人吗？"

他装作不经意的样子，打听一个小时前在庭院里看见的女人。女招待歪着头说："不清楚。"

"老板娘有那种颜色的和服，但之前外出了，刚刚才回来。"

"今天，我的同伴说订了两间房。另外一间还是空着的？"

"这个，我也不清楚……"

"另外一间是哪间？"

"是隔一间房，靠里的'枫之间'。"

女招待说傍晚来了好几组突然造访的客人，实在太忙了，把饭菜端上后马上就离开了。桐泽觉得她这是在逃避自己的提问，但也无法多说什么。

吃完饭马上铺好被褥，回过神来已经接近晚上九点了。

"竹之间"里有一个和纸做的小罩灯，当黑夜给窗户涂上暗色，灯便更显炫目，鲜明地映出和纸上的斑点纹。白天看时还是肤色的灯罩，现在看上去稍微带点儿红色。

夜渐深，桐泽感到自己的身体深处也点起一盏炫目的灯，将体内照得通红。从上周起……不，从十五年前开始自己身体沾染上的一点红色，在灯光中鲜明地浮现出来……山间的寂静反而让身体更加躁动。

他不想马上钻进被窝，就躺在榻榻米上，正准备打开电视时，等待已久的电话响了。

"喂……"

是柚子的声音。

"实在抱歉……因为突然有急事,没有遵守约定。"

"什么急事?"

话筒那边传来短暂的沉默。

"孩子发烧到了三十九度。"话说完,立刻用笑声否认道,"当然,是说谎的。"

"我们没理由见面。桐泽先生有夫人,我也有丈夫。"

"那为什么在上周的电话里说……"

"那时候我有自信。就算和桐泽先生住在同一家旅馆,也绝不会回到过去的关系……但是在挂上电话后,突然没有自信了。"

"真的?是挂上电话后,想起我可恨的地方了吧?"桐泽装作开玩笑,轻声问。

"没有。"柚子如此答道,然后突然问,"柿染,不错吧?"

"那个呀,最初是绿色的。在柿子还是绿色的硬果时,放在石臼里捣碎,柿子的涩汁流出来……那时年轻新鲜的黄绿色虽然也不错,但我更喜欢最后沉稳的茶色。虽然看上去像枯叶的颜色，但仔细看，就能看出成熟柿子一般的红色……令人感到那些历历在目的过去的伤口，现在已经变成了拥有这般美丽色彩的回忆……"

她接着说："难得有这么漂亮的颜色，我不想弄脏它。所以，我们不要再见了。"

她的声音突然变得激越，而后电话被挂断，听筒里传来一片死寂。

这不是她的真心，柚子还想见面……还想再见一面，就像自己想见柚子一面那样……

桐泽放回听筒，手却迟迟没有松开。

电话放在壁龛里。

有一会儿他什么也不想，只是盯着眼前壁龛上的挂轴。

柿染的和纸上，流淌着墨字。不，是字，还是画？柿染的浓淡花纹与墨汁浑然一体，在和纸上呈现出了不可思议的空间。

颜色淡的部分像人体起伏的肌肤。

凝神细看，肌肤上似乎隐隐透出成熟柿子的

红色……

这不只是纸而已。这颜色是有生命的……有生命,像人肌肤的颜色一样每时每刻都在变化……

柚子说"变成了拥有这般美丽色彩的回忆",但桐泽觉得,这正是不断老去又没有老到尽头,想要燃烧最后一份青春的,此时此刻自己的身体。

桐泽无法拥抱回忆,他只想拥抱这一刻的柚子。虽然她在电话里那么说,但桐泽知道,若真的相见,柚子会像自己一样,比起美丽的回忆,还是会选择当下。

但,那是做不到的。柚子现在在松江,两人之间隔着几个小时的列车车程……

不,真的做不到吗?

变成了拥有这般美丽色彩的回忆……色彩?

柚子的确在刚才的电话里这么说了。类似的说法说了两三次。

通电话时,桐泽好几次陷入柚子就在自己身边看着同一幅挂轴的错觉。没错。

说不定柚子在这家旅馆的小卖店里还买了别的和纸。回到松江后,把和纸放在手边,一边看着一边打着电话。

但是,还有别的可能性。

也许柚子刚才正是边看着同一幅或者类似的挂轴,边跟自己打电话……

这会儿,他心中确信,傍晚时分,透过枫树的绿叶看见的女人身影绝非幻觉。现在,柚子的声音仿佛近在耳畔。他突然清晰地回忆起了那一瞬间看见的女人,同样栩栩如生。

如果那真是柚子的话……与其猜测她离开旅馆又回来,也许她从一开始就没离开过旅馆,而是待在预订的另一间房里,要真是这样的话……那么,女招待的遮遮掩掩都是因为柚子拜托她瞒着桐泽……

桐泽再次拿起听筒,犹豫数秒后,打电话给前台:"请给我接'枫之间'。"

数秒的犹豫,是在考虑要不要先给松江打个电话,以确认柚子真的不在。

电话马上接通了。

但是,只有忙音。不过前台给接通了电话,说明"枫之间"的确有客人入住。是去泡温泉了吗?不……或许是已经知道是谁打来的电话,正犹豫要不要接。

当桐泽打算放弃,要放回听筒时,那边的听筒被拿起来了。

"喂……"

是女人的声音,可声音太小了,听不出是谁。

"是我。"

桐泽下定决心,开口道。

沉默持续了一会儿,似乎踌躇过后终于下定决心,女声清楚地说:"过三十分钟,到这边来。我想换身衣服。"

等了整整三十分钟,桐泽穿着浴衣走出房间,敲响了隔着一间房的靠里的房间的门。等了一会儿,门终于开了。女人穿着和服站在里面。和印象中傍晚时看到的一样,是白色混着薄茶色的和服。

不是柚子。在电话里清楚地听到她的声音,知道她是谁时感到的惊讶,此刻又回到桐泽身上。明明知道不是柚子,却一瞬间感觉是柚子站在那里。

桐泽这时才发现,妻子静江穿和服的时候,不知哪里和柚子极其相似。

静江说,桐泽离开家后,她也换上衣服前往羽田机场,坐飞机来到了小松。还比桐泽早一个小时抵达了旅馆。

"是为了监视我们吗?"

"不,我为什么要监视你们?是我劝你和那个人……和柚子小姐见面的。我到这旅馆来,是柚子小姐拜托的。"

"她拜托的?"

"你给松江的旅馆打去电话的第二天,柚子小姐就给我打了电话。十五年前,她也瞒着你从汤河原给我打了电话吧。就像那时一样……但是和十五年前的意义不同。你打电话的时候,是柚子主动邀请你来这家旅馆的吧?但是,她丝毫没有要来的意思,而是拜托我代替她在这个旅馆等你。"

"为什么……"

"那个人，对你还有感情啊。你应该也是吧……那个人想这次清算你们之间的感情，再正式把你还给我。两三天后，她寄来了给我订的机票，还有她之前来这里住宿时买的和纸信笺和信封。她说这是一家以和纸作壁纸的出色的旅馆，一定要来看看。我用那信笺做了折纸，留在了那个房间。"

静江说着，偷偷观察丈夫的表情。女招待在引导桐泽进入房间之前看到的侧缘上的身影，不是柚子，而是眼前的静江……

"那个人，真的很会做买卖，用这种方式就支付了我十五年……不，十七年的赔偿金。"

"刚才我问'为什么'，是想问你，为何会听从柚子这种自作主张的请求，真的到这旅馆来了？"

"你还记得很久以前，我说过我会输给那个人的强势吗？那个人，真的很强势，我的确输给了那份强势。那个人如今之所以想彻底清算十五年前和你之间的事，是因为她的丈夫出轨了呀。"

"……"

"杂志上把她的丈夫写得很老实,但实际上,据说他现在在和外地的女人搞婚外情。另外,柚子之前在汤河原的婚姻破裂,据说也是因为前夫搞了不得了的婚外情……但柚子说,那不是丈夫们的错,而是她自己的错。她过去是真的爱你,正因为是真的,所以对我造成了真正的伤害……这是这份罪过的报应。她说,十五年前的事,虽然对她自己来说已经可以当作美丽的回忆,但经历了两任丈夫过分的背叛后,她深深体会到了,她带给我的是一生的伤痛……因此,如果不彻底清算和你之间的事,她就无法开辟自己今后的人生……"

静江说完,喃喃道:"真是个坚强的人哪。"

"你也说了想离婚的事吗?"

"嗯。但是她说'一直以来,桐泽先生都比我想象的还要爱夫人,夫人也一样,不是吗'……不过我还是无法轻易答应那样的请求,就让她订了两间房。因为应该让你一个人做出决定,而且,我本打算到这个旅馆后,不与你见面就回去。"

静江穿着的和服,桐泽是第一次见。不知道她是什么时候买的。其实静江平时穿的衣服也是。仔细想想的话,静江现在过着怎样的生活、在想些什么,桐泽都一无所知。就连脸……能想起她十五年前的样子,但是,如今的脸,却像陌生人一样。之所以想到这些,是因为他觉得此刻背对壁龛上的和纸挂轴而坐的妻子的脸,和柚子有相似之处吗?

柚子从一开始就没来这家旅馆。妻子的话应该不是谎言吧。但是,总觉得柚子就潜藏在这个房间里某个隔扇后边。或许是因为他在妻子的脸上看到了柚子的样子吧。

十五年后,拥有两张迥异的脸的两个女人,变得在某些方面相似得如同一个人……

"你说应该让我一个人考虑,意思是你已经得出你的结论了吗?"

似乎无视了桐泽的问题,静江冷静地说:"我已经累了,想休息了。请回你自己的房间。"

与特地换上和服的用意一样,静江用过分客气的口吻强调着自己和丈夫之间的界限。

回到房间,桐泽从冰箱里取出啤酒,一边喝着,一边伸手拿过快要从桌子边缘掉下的纸鹤,对着天花板上的荧光灯看。哎呀,他想。

一边的肤色的翅膀上,好像被炫目的灯光炙烤过似的,浮现出像是文字的东西。桐泽焦躁地用手指打开那只纸鹤,里面是线格,上面是熟悉的静江的字迹。信笺的正面原来是这边啊……"我已经决定和你分手。今夜是最后一晚。请你也做此打算。"

文字工整地排列着,最后署名——静江。

桐泽把其他的风车和帆船等折纸全都打开,但只有那只纸鹤里有字。

这就是妻子得出的结论……

但是,他又想,这封信藏在纸鹤里面,正是妻子还在动摇的证据。白天,静江在这个房间里一边等待丈夫,一边写着分手的信,但是连她自己都对写下的话没有完全的自信,所以才藏在纸鹤里……

灯光下,打开的和纸上斑点和折痕错综复杂,像蜘蛛网一样纠缠着文字,抹消掉妻子写下的分手的话。

第二天早上,一夜未能熟睡的桐泽泡完温泉回房间的时候,在走廊上与昨天一起泡过澡的男人擦身而过。男人带着旅行箱,正准备走出旅馆,这时,桐泽的目光在他身上停住了。那个男人刚才好像是从"枫之间"出来的。走廊上并排着的门看起来都一样,男人从几米开外的转角出来,但不确定是哪扇门。

因此没有确切的证据。但是,桐泽总觉得,那个男人昨天晚上就藏在"枫之间"的隔扇后边。昨晚他虽然有些恍惚,但的的确确感觉到隔扇背后好像有人……

静江背后,从多年前起就潜藏着丈夫以外的男人——就算事实如此,也绝非不可思议。如果说妻子突然提出离婚，主要是因为那个男人的存在，也绝不是不可能——

桐泽自然对那个男人的事一无所知。唯一知道的，是昨天在澡堂看见的和十五年前的自己相似的、还十分年轻的身体……被绿影充分浸染的身体。

两个小时后，当桐泽走出旅馆，乘上从加贺温泉旅馆驶向大阪的列车后，他开始深入思考那个男人的事。

泡完澡回到房间，桐泽给"枫之间"打去电话，问妻子要不要一起吃早饭，妻子说飞机的时间很早，必须要出门了，说完就挂断了电话。之后，可能和男人在外面相会。

昨天下午，静江一边在那个房间折纸鹤，一边等待着的，是不是那个男人呢？昨晚静江好像说，是柚子用桐泽的名字预订了两间房。最先抵达旅馆的静江，将那个男人的名字告诉前台，嘱咐要是那个男人来了，就带他去留有纸鹤的"竹之间"，但桐泽比那男人要早到，旅馆工作人员出了点差错,将桐泽带去了那个房间……

原本,静江在"枫之间"等着丈夫,准备和丈夫谈完有关柚子的话后,再去另一个房间,和那个男人密会。而且,静江打算将这次作为最后的幽会。

那个纸鹤里写的分手的话,是不是静江打算让出轨对象看的呢?但是发生了些意外,打乱了静江的计划,桐泽先到了那个房间,看到了妻子写下的分手信。说不定,原本静江准备听柚子的话,和丈夫重修旧好,为此才准备和出轨对象分手,但……

静江的另一个误算,是她误以为丈夫昨晚给"枫之间"打电话是在看了纸鹤里的话之后。她以为丈夫已经读了分手信,于是,在柚子的撮合下好不容易树立的与丈夫重修旧好的决心也动摇了吧。

静江为什么把与男人最后密会的场所,选在丈夫房间的旁边呢?桐泽不知道。是静江对丈夫过去的背叛施加的最后的报复吗?还是说,在丈夫的眼皮底下,比较容易和男人分手呢?

然而，这所有的一切，都只是桐泽在澡堂里匆匆瞥见那个男人年轻的身体后，臆测出来的而已。如果这个臆测是正确的，妻子的计划被打乱就是柚子的计划被打乱，柚子为了将十五年前的伤痕变成美丽的回忆，亲自撮合桐泽和妻子破镜重圆的努力化为了泡影。

裹挟着柚子和妻子的人生，自己乘坐的列车要开往哪里——不安，比昨天在列车里感到的还要重，还要深。

雨停了，天空中还低垂着雨云。云中混着褐色，在桐泽眼中，像覆盖着一张和纸。

黑珍珠

1

"知道了。恭候您的光临。"

恭子用礼貌的言辞回复道。挂了电话,她突然想到,那颗黑珍珠到哪里去了?

不过现在不得不想的,并非十三年前在大溪地买的那颗珍珠,而是刚才突然打来电话的女人。

那个女人为什么打电话来,为什么要来拜访自己——

没有多少时间了。电话里，女人说她"现在从家里出发"。从她位于久我山的家到这栋位于代代木的公寓，应该用不了一小时吧。

既然如此，为什么走进八叠大的卧室内开始寻找黑珍珠呢——恭子自己也不知道。

挂上电话的瞬间，像盖着一层塑料薄膜般朦胧的脑海一角，多年来已经忘却了的那颗珍珠，浮现出暗淡的光。仿佛被那点光所吸引，恭子将收纳柜的抽屉一个一个打开。依稀记得五年前搬家的时候，那颗珍珠放在了这个柜子的某个地方。

找着找着，头脑渐渐清醒了些。

"看到恭子你买了黑珍珠，我就觉得，这个人哪，就算不结婚，也能独自好好生活下去呢……"

恭子想起了大溪地之旅返程的飞机上，一起出游的女性朋友无意间说的话。大学毕业后，为了庆祝即将迈入社会，恭子和大学时代一直要好的朋友下定决心掏出全部存款，完成了那次旅行。

"你的意思是买黑珍珠的女人不适合过家庭生活吗？"

"是呀,不太适合穿 PTA[1] 的服装哟。"

确实有过这样的对话。

"说什么呢。我呀,决心在适婚年龄就结婚呢。"

虽然当时这样反驳了,但结果是朋友一语成谶,说中了就连恭子自己也不知道的将来。朋友在银行工作了两年后,很快结婚了,而在电视台工作的恭子,之后虽然谈过多次恋爱,但一到紧要关头就抛弃婚姻选择事业,所以一直一个人过日子……

自从前年因为广告方面的工作认识了一个广告代理店的有妇之夫,恭子都快忘了结婚这回事了。那男人比恭子大七岁,每周一次坐飞机来相会,充实了恭子在繁忙工作的缝隙里存在着的属于女性的那部分自我。

终于,在最下边抽屉的最里面,恭子找到了一个小小的盒子。

打开盒子,映入眼帘的是不知时隔多少年的、

---

1 家长教师联合会。

令人怀念的颜色与光彩。

朝西的卧室窗户，正好迎着傍晚西沉的太阳。集中了澄澈的初夏之光，小小的珠子闪烁着光辉。

穿越十三年的时光，这颗珍珠中潜藏着南方小岛的美丽光彩，那是她青春最后的篇章……

本来是想把它做成戒指的，为什么会原原本本地放在盒子里呢……这样想来，原因只能是自己在潜意识里把朋友那句半开玩笑的话当了真。它确实很美，但是，微微泛黑的颜色，看上去像是过于耀眼的阳光陡然坠落，遗留下的一滴暗影。

恭子很享受工作，也从没后悔过一个人的人生。她的心态也很年轻，比起结了婚、成为母亲的朋友们，恭子看上去要小三四岁。她一直坚信自己没有什么后悔的，并这样度过了十三年的人生。然而，她隐约感到，这颗珍珠的淡淡的影子，仿佛在诉说着隐藏在十三年岁月中的某个角落里的，自己也不曾意识到的小小的后悔……

她与上村真介，是成年人之间的关系。两人约好，如果被他的妻子知道，或者两人中的一方感到厌倦，就好聚好散。当初的确是这么想的，可是为什么当他的妻子打电话来的时候，自己会如此动摇呢？

本应该静止不动的珍珠，看上去却像是在水底藻类的影子间漂荡、摇摆。就在刚才，上村的妻子第一次打来电话，说"想和你说说关于我丈夫的事"。在她说出那句话的瞬间，恭子的心正如那颗本应静止不动，却又似乎在摇摆的珍珠。

恭子在涂口红的时候想到，与上村的妻子还是素颜相见为好，正想擦掉妆容时，门铃响了。没时间卸妆了，恭子急急忙忙涂完口红，打开门。

电话里女人的声音很嘶哑，而走廊里站着的人，比恭子根据声音想象的形象要清秀得多。虽称不上美人，但圆圆的脸颊，让人感觉她会很受男人欢迎。她的脸上浮现出与圆脸颇为相称的柔和的微笑，明明应该是同龄，但看上去比恭子还要年轻两三岁。

只是唯独眼中没有笑意。那审视着恭子的黑

色目光,让恭子想起刚才一直在看的黑珍珠。

"真是漂亮的房间呢……"

女人在起居室的沙发上坐下,慢慢环顾四周说道。之后,她的目光突然停留在墙上一幅小小的画上。画的是欧洲或哪儿的街角景色,是一位尚不出名的画家的作品。

"这个,难道是上村买的吗?"她问。

"嗯……今年我生日时,他送的礼物。"恭子如实回答。

"果然……是上村会喜欢的颜色呢。家里也挂着这样的画。"她说,"很贵吧。"又加了这么一句。虽然语气若无其事,但其中暗含的钉子却很尖锐。恭子摇摇头。

"我没从你丈夫那儿拿过什么贵重物品。两年来,他给我买的,只有这个和手帕……因为我们不是那种关系。"

上村的妻子像是没听见恭子的话,眼睛还看着画,侧脸道:"是吗……你和他的关系,是从两年前开始的吗?"像是自言自语般:"那么,我从一开始就发觉了丈夫的出轨呢。"

"我丈夫和你的事，我知道哟，从两年前就知道……"上村的妻子说。恭子暗感意外。那女人用含着微笑的眼睛注视着吃惊的恭子，似乎乐在其中。

那为什么到现在才……恭子皱起眉。

2

"是吗，有两年了吗？和我丈夫……"

上村的妻子一直沉默着，直到恭子拿出泡好的红茶，她才像刚刚回过神似的喃喃自语道，随后为红茶道了谢。她那过分客气的点头致意，让恭子感到不舒服。

"哎呀，他在这儿也喝这种红茶呢。"送到嘴边的茶杯停住，她这么说道，似乎只从香味上就辨别了出来，"但是，这种红茶只有在银座才买得到吧？就算是我，这茶喝完了，也会懒得专门去银座买，而忙于工作的你还能这么体贴，真是了不起呀。"

"真好喝……"她饮了一口。当上村的妻子睁圆眼睛,用做作的声音这么说时,恭子的心里想:如此一来,和上村的关系就到此为止了……

这个想法不断上涌。本来就是约好一旦被他妻子知道就分手才开始的关系。他妻子找上门时该说什么应对,也早已想好。

那些话语就在嘴边,但脱口而出的,却是连自己也没想过的话:"那红茶,我从十年前就开始喝了……"

"如果上村先生在家里也喝这种红茶的话,那就是从我这里学的呢。"唇间流出不怀好意的声音,沾着口红的颜色。恭子后悔化了妆。

上村的妻子虽然听懂了恭子的反击,却用薄薄的微笑将恭子的话语全部吸收:"确实……大概是两年前吧,上村开始在家里喝这种茶。"

"既然如此,我当时为什么没想到这一定是情人喜欢的红茶呢?明明在两年前,我就知道他有了情人。"

薄薄的微笑，衬托着眼神和声音的冰冷。要论演戏，可能这个女人更擅长……脑海的角落里这么想着，恭子以微笑作武器，说："能别用'情人'这个称呼吗？"

上村的妻子把杯子放回杯托，没有说话。杯子发出的尖锐的声音就是回答……没错，她的微笑里藏着简直不能称之为声音的刺耳的声音。

"我和上村先生之间，不是你说的那种关系。"

女人用无言的微笑注视了一会儿恭子的脸，好整以暇似的，等着看恭子将如何被她自己的话击溃："可是，不是妻子的话，就是情人吧？而且，因为妻子的拜访而心慌意乱的，不是情人又是什么？"

上村妻子的阴阳怪气已经到了恭子的忍耐极限。恭子肚子里窝火，突然有些鲁莽地说："我，才没有心慌意乱！"气息也因为激动变得不稳。

"是吗？刚才门开的瞬间，我可是感到，'啊，这个人在心慌意乱'哪。"

上村妻子脸上的微笑消失了。不，应该说，

恭子庆幸那微笑终于消失了。恭子对那虚伪的微笑感到十分气愤。"从现在起,我和上村先生的关系结束了。"——虽然很想说出这句准备了两年的话,但对方先开了口:"你知道两年前我是怎么发觉丈夫出轨的吗?"

"不……"

"我听到浴室那边传来奇怪的声音……"

她的视线流向上村送的那幅画,说道。

"我想着那是什么声音呢……原来是剪指甲的声音。之后我在放衣服的地方发现了指甲的碎屑。从那以后,我留意到,每到周三他都会剪指甲。在那之前,他明明是个我不提醒就不剪指甲的人……于是我就知道了,啊,那个女人是个皮肤比我娇嫩的人哪,或者是模特、演员之类以肌肤为卖点的女人吧……那个人,虽然大家都说他的神经和体格一样粗线条,但就是会在这些奇怪的地方留心,不是吗?特别是对女人。"

"以肌肤为卖点的女人"这种话,听起来除了讥讽以外别无他意。恭子的胸口有个声音在鼓动，但她努力压了下去，似乎无视上村妻子的话，轻声道："我刚才说'不'，意思是我和上村先生的关系不是出轨。"

"既不是出轨也不是真心。非要说的话，虽然是'一种关系'，但那不仅仅是肉体上的关系。"

如此说着，恭子心想接着一定要将"这段关系，从现在起结束了"说出口，却又被上村妻子打断：

"你不爱我丈夫吗？"

微笑从脸上消失后，她的眼睛看上去更像黑珍珠了。那颗珍珠，藏在连恭子自己也未曾发觉的内心深处，两年来一直悄悄窥视着她。上村妻子的眼睛也想剖开恭子的内心……

"我从没认为那是爱。"

恭子缓缓地、斩钉截铁地说。那一瞬间，不知为什么，上村的后背蓦地浮现在眼前。确实，是过分宽大的粗线条的体格，但从背后看去，有时会突然感觉他的肩膀很瘦削。如果说自己在上村身上感受到过爱的话，也只有那样的瞬间了……他不曾对自己说过有关爱的话。

上村妻子的脸扭曲了。终于显露出真面目了……面对即将袭来的怒涛，恭子摆出防御的架势，然而，对方却说出了令人意外的话：

"真头疼啊……你真的不爱上村吗？"

她认真地问道，似乎在慎重地叮嘱。

"是的。"

"那真是头疼了……你要是不嫉妒我，不想来找麻烦的话……"

恭子脸上的微笑消失了一半。虽然她知道自己现在的表情很可怕，但也只能用这张脸回应上村妻子的目光了。

"我呀，其实真的希望你能来找麻烦……我从四年前开始，就有一位喜欢的青年，甚至都决定与他结婚了……但上村这个人，除非有某个女人迷恋他到了想要将他从我身边抢走的程度，否则是不会考虑离婚的。"

3

"你说的，是真话吗？"恭子问。还等不及对方的回答，又脱口而出："你和那个人的关系是从什么时候开始的？"

"虽然没有向你说明的必要，不过……"上村妻子保持着微笑，"已经有四年了，比上村与你的关系还要久呢。"语气似乎带着得意。

"他将来是要当医生的。当时，他在与我的高中学妹交往，但为人有些任性，不适合年轻姑娘。学妹叫广美，和他订婚后又想分手，跑来找我商量。于是我说'那我去见见他，试着沟通看看吧'，就和他见面了……后来，就是所谓的一见钟情吧。和他初见时我就知道了，当下的我更喜欢他，而不是上村。我不是一味顺从男人的那种女人，而是会疼爱男人的类型。他的双亲也很开明，说只要我正式和上村离婚，就会认可我们。"

她一口气说道，声音像轻音乐般流畅，然后夸张地做出愁眉苦脸的样子："所以很头疼啊。"

"事情发展到这个地步，之后就看上村的态度了，但是……因为妻子想和别的男人结婚而离婚——上村并不是这样的男人。相反，他还会突然意识到对我的留恋，一定会说'我会和现在的外遇对象分手，让我们重新来过吧'之类的话。"

她说道。

这个女人在说谎——恭子在心里想。这个女人，就是为了让丈夫的情人听这些话才来的。

恭子的思绪有些混乱。眼前的女人想要冷漠地割舍夫妻关系，只是在演戏而已。拜托丈夫的情人将丈夫从自己身边夺走——这种妻子根本不存在。但是……

恭子突然失去了自信。自己如此怀疑她的话，难道是因为自己才是被陈旧的道德观束缚的那个？虽然知道上村妻子的微笑其实是一种武装，恭子却没能看透那武装之下的本来面目与真心。

恭子努力装出冷静的样子。

"上村先生对您和那个人的事，还一无所知吗？"

"嗯，他不知道。还有我已经知道他出轨，

却一直装作不知道的事，他也不知道。"

"那么，要不就试着把话说开如何……也许他会很爽快地同意离婚呢？"

恭子的语气里探出了荆棘。对眼前女人的敌意，无论怎么压抑都满得快要溢出来了……这个女人嘴上说着要和年轻男人再婚所以放弃做上村的妻子，但话里话外都一再夸耀自己的妻子身份，恭子对她反击的心蠢蠢欲动……上村妻子却像享受这荆棘一般，轻轻地笑了。

"不好意思，我比你更了解上村呢……就像我刚才说的，如果你不想用爱情绑住上村，将他变成自己的东西，他就绝对不会松口跟我离婚。所以我才来拜托你呀。"说完，好像连插话的空子也不给恭子，她继续道，"而且，你其实是爱上村的，想将他变成自己的所有物，不是吗？"

她嘴快地问。变得锐利的目光窥视着恭子的眼睛，藏在微笑之后的黑珍珠闪着光……那光让恭子感到胸前像是被针刺了一样疼。

我和上村不是那种关系，一次也没想过将上

村从他的妻子身边夺走——

虽然恭子想摇头否认,但自信却突然消失了。这个女人的眼睛,窥视着连恭子自己也不曾发觉的真心,而自己绝不可能用这样恶意的眼神打量自己……

"您突然这么说,让我很为难。因为我和上村先生约好,我们交往的条件是,一旦被夫人您发觉,我们就分手。"

恭子说着,起身想要站到窗边,上村妻子却像是要打断她一般,也站起来朝窗户走去。

"能看见窗外绿意的房间,真不错呢。"

她背对着恭子,俯瞰代代木公园。

您在久我山的家里也能看见绿意吧?——这个想法掠过恭子的脑海,但她没来得及说出口。

"真卑鄙呀,这真是……"上村妻子背朝恭子低声道,语气仿佛自言自语。恭子没能立刻理解这是对自己说的话,反而在混乱中微微出了神。这个人从背后看去,还挺漂亮的。背影是不会说谎的。那个背影继续道:"刚才你说,你和上村不是情人关系，而是成年人之间的关系……而且你说没有从上村那里获得过金钱，这完全就是在主张自己的清白，但你知不知道，你的这种做法更肮脏？"

恭子从她这番话中感到了之前从未感受到的真情实感。

"怎么说？"

"我的意思是，收了钱的女人比你更清白。"

女人沐浴在窗口的夕阳中，因为逆光，背后投下了影子，看上去一派静谧。

"想将男人从他的妻子身边夺走的女人，比你更清白。因为那才是有责任心的做法……说什么一旦被夫人发觉就分手，这才不是和有妇之夫保持关系应该有的方式。问你爱不爱他，你都不能清清楚楚地回答'爱'——他被你这样的女人偷走了，就算每周只有一晚……这样，更让我受伤啊。"

这番话比迄今为止的任何话都更能刺痛恭子。

"要不是我自己想要离婚，像你这样的女人，我是绝对不会原谅的。要是想模仿美国的杂志或电影,麻烦你去美国好吗?"

最后一句像是朝着恭子丢过来似的,她又转过来说:"不管你怎么巧舌如簧,既然跟有妇之夫保持这种关系,应该早就想到万一出了状况,你要承担责任的吧?我来就是要让你负起责任的。"铁一般的微笑又回到了她的脸上。

"我所说的负责,当然不是要你和上村分手……而是要你和他结婚。"

4

恭子透过八叠大的西式房间的窗户,眺望着天空。太阳应该还没有沉下去,可不知从何时起,阴云密布的东京的天空中看不见太阳了。

东京这个地方,就算是在天上,也会迷路……

真想把那些不得不去想的事全都抛到脑后,恭子在心里嘀咕。但是她一刻也不能放松,因为关着的门的另一侧,那个女人还坐在起居室里。

"你要不要一个人仔细想想?不论多晚我都会等的。"

刚才,上村妻子这么说。这句话就像命令一般,恭子照做了。把上村妻子的话当作命令来执行的自己,真是凄惨哪。

而且这份凄惨还很愚蠢。

"我会和上村先生分手的,所以我和你也没有关系了吧?请快回吧。"

这么简单的话,为什么说不出口呢?恭子又迷路了,在全新的、迄今为止不曾意识到的路上,突然迷路了。

结婚——

一切都是由上村妻子口中的这个词引起的。迄今为止,恭子一次也没考虑过与上村结婚的事。但,莫非那只是碍于上村有家室结不了婚?这个词从对方妻子的口中冲出来,让恭子失去了自信——不仅如此,与此同时,对于上村是否爱自己爱到想要和自己结婚,恭子也失去了自信……

忽然之间,恭子什么都搞不清了。一直放在

抽屉最里面的那颗黑珍珠，突然朝自己手边滚过来，开始闪烁着妖异的光……

已经过了十五分钟。犹豫这么久，本身就代表着承认自己的失败。女人站在妻子的立场上把恭子看作丈夫的情人，或许无可厚非，但以"结婚"这个词为诱饵，对丈夫的情人施以恩惠——这种态度，恭子作为一个女人绝对不能原谅。恭子想立刻予以反击，并给上村打电话讲明情况。但她很快又改变了想法：像这样依赖男人，难怪会被那个女人称为"情人"。

要一个人想办法解决。

恭子如此下定决心，返回起居室，身子比之前挺得更笔直，面对女人坐下："您请回吧。我和上村先生再也不会见面了，和您也不会再有关系了。"

恭子斩钉截铁地说。要说一个人想办法解决，除了把这话宣之于口外，别无他法。为了逃避脑海中掠过的看似可以依赖的上村的背影，她用犀利的目光盯着上村妻子。

"您说责任，但这并非我一个人的责任。上

村先生也有责任吧？请您和上村先生商量吧。夫人您也是，既然您也出轨了，我想您应该明白所谓责任是对谁的责任。"

"你是想说我也有责任吧。"

"是的，但那与我无关。所以，请和上村先生商量并决定吧。"

"但是，"上村妻子眼中燃起一丝斗志，又迅速用笑容掩盖住，说，"我这一方的责任，我会以和他结婚的方式来承担哟。"

"所以上村那边，也请您以跟他结婚的方式承担责任。"

"我说……"恭子愤然站起身，"这种话请和上村先生说！如果上村先生说要和我结婚，我再试着考虑。"

"真懦弱呀，你这个人。"女人笑着说，"你果然还是有点想和上村结婚的吧？"

女人拖着声音说，话语仿佛粘了蜜糖一般，缠上恭子的内心。似乎是为了切断女人话中暗示的念头，恭子断然道："我刚刚不是说了绝对没有这种想法吗？我的的确确决定从此以后和他一刀两断了。"

"真的没有和他结婚的想法吗？"

女人的声音突然间变得认真。她将全身的力气都用在眼睛上，似乎想要窥视恭子身体的最深处，检查恭子的体内是否连一丁点的结婚的念头都没有……恭子忽然醒悟，这个女人迄今为止的话果然都是谎言，之所以编这种荒唐的谎言，只是为了打探丈夫的情人的真实想法而已。但她仍然回道：

"没有。"

直视着上村妻子的眼睛——那双令人联想起黑珍珠的光的眼睛——恭子用无比确定的语气回答道。

"真头疼啊。"上村妻子突然放松了紧绷着的眼神，皱起脸道，"因为你是最有可能收留上村的人，所以我才特意过来的……"

"最有可能？"

恭子下意识地马上反问道。似乎故意无视恭

子的吃惊，女人看向自己左手的无名指。然后，用右手的无名指抚摸左手戴着的结婚戒指，喃喃自语道："要是拜托其他女人就好了。"这不是自言自语，而是刻意让恭子听见的、充满恶意的话。

"除了我之外，上村先生他还有别的情人？"

恭子脱口问道，然后马上意识到自己的失言，慌张地用手捂住嘴。果然，你也知道自己只不过是个情人而已嘛……虽然没说出口，但上村妻子的眼神无疑是这么说的。她的眼角流露出轻蔑，睨着恭子。之后，上村妻子眼含微笑地说：

"虽然我和上村这两年来已经没有夫妻之实，但果然还是我这个妻子更清楚丈夫的情况呢。"

比你这个一周一次的情人更清楚——她眼中的微笑仿佛在说着没说出口的后半句话。

"当然有了，除你之外还有两个人。而且，比起你，上村或许更爱别的女人。"

"真的？"恭子的胸口像被剜了一刀般疼痛，声音和表情都冷得像冰。

"为什么这么问？"

"夫人,您难道不是为了挖苦我只是一个情人而已,才故意这么说的吗?"

"说什么挖苦……不如说,我就是因为不想伤害你,才对你们的事保持沉默的呀。"接着,像是肯定自己说的话一般,"是呀,你才不会因此受伤,不是吗?因为你和上村是成年人之间的关系嘛……就算知道上村有比你更重要的情人。"女人的声音比恭子的更冰冷。那声音,那话语,那眼神,只会更加令人厌恶。

"但是,我可是受伤了。奇怪吧,明明是像素不相识一样冷淡的夫妇,唯独嫉妒心还残留着。我不想让上村和自己喜欢的女人结婚,所以想把他让给最无关紧要的你,可是……果然,我还是试着去拜托别的女人吧。"

你已经没什么用了——女人看都没看恭子的表情就站起身,似乎在用行动表达这句话。

5

"真心的吗？"

恭子也站起来，朝着起身走向门口的女人的背影开口问道。这句话叫住了女人。上村妻子似乎早就在等这句话，回过头来，重重点头："嗯。"

"如果我是真心的，你会重新考虑吗？"

表情虽然很认真，但语气中却含着戏弄的笑意。恭子的心从刚才开始产生了一些裂缝。顺着那些裂缝，上村妻子的话悄悄潜入她的心中。

恭子想要摇头，但没能做到。上村妻子收起下颌，眼睛向上看着恭子的脸。似乎想要用这双眼睛抓住恭子的回答。

"就算是真心的……这么做，也是在故意挖苦人吧？"

"我为什么要挖苦你呢？"

"我还能怎么想？刚刚夫人您为了让我嫉妒，故意说上村先生还有两个女人吧？"

"嫉妒？"

仿佛第一次听到这个词,女人脸上露出难以置信的表情:"为什么要让你嫉妒?你不是连我这个做妻子的都不嫉妒,和上村保持着成年人之间的关系吗?还是说,你虽然不嫉妒妻子,却嫉妒和自己有着同样立场的两个情人呢?"她认真的表情,突然被微笑破坏。

只能用"破坏"这个词,因为这微笑实在太不怀好意了。

"是真的,除你之外,上村还有两个情人。其中一个叫石塚春美,是他常去的酒吧的女招待,另一个……好像是个叫安田优子的,是之前他在自己的广告中合作过多次的女演员。"

女人继续说:"原来如此,你嫉妒那两个人吗?那么,要说放弃还太早了,让我们重新谈谈吧。"

她露出一个明朗的微笑,重新坐到沙发上,仿佛自言自语般嘀咕道:"之所以会嫉妒,就是因为想把上村变成自己一个人的东西嘛。"

想把他变成自己一个人的东西?在和上村的交往中,自己从来没有过这样的心情。这是真的。

但在此时，恭子真切地意识到，上村妻子脸上刻意的微笑，是她最富攻击性的语言。现在事情已与上村毫不相干了，恭子甚至都忘了眼前这个女人是上村的妻子。恭子感到体内血液倒流，心里只有一个念头：不能输给这个女人。

"夫人要是真心的话，就让我也把实话说出来如何？"恭子也摆出一副微笑的面孔，"要是我说，我能按夫人的想法去做呢？"

这不是真心话。就算这话里混杂着真心，也不过是因为不想输给眼前坐着的这个女人才说的。而且，恭子也想知道上村妻子的真实想法。如果只是为了挖苦人才来的，恭子刚才的话一定能让这女人动摇……

果然如此。

"真心的吗？"

虽然只有一点，但女人的视线动摇了。恭子站起身，从隔壁的房间拿来那颗黑珍珠给上村妻子看。"真的，这就是证据。"说着，将它拿到女人眼前。

"为什么说这个是证据？"

女人失去了刚才的淡定，强装不在意。恭子终于感到自己占据了优势。

"十三年前买这颗黑珍珠时，朋友说买这种充满寂寞感的珍珠的女人，是结不了婚的。可是，我一直渴望结婚。我只能一边害怕着这颗珍珠，一边生活……今天和夫人相见，我终于意识到了，我已经可以扔掉它了。"恭子停顿了足够长的时间，接着说，"也就是说，如果夫人您说会离婚，我就和上村先生结婚。"

一瞬间，恭子几乎以为这或许就是自己的真心话。不，这就是真心话——这样的念头掠过脑海。但她努力无视这个想法，紧紧地盯着上村妻子的脸。这个女人会给出怎样的反应？在恭子的预想中，只要情人如此回答，上村妻子应该就会很慌乱……

仿佛乐在其中，恭子的脸上浮现出微笑。如果上村妻子表现出慌乱，恭子就会以不怀好意的笑声回敬说"刚才是说笑的"——比之前自己听到的那些笑声更不怀好意。

但是，恭子的微笑没能在脸上扩散开来。

上村妻子叹了口气，一脸"真傻呀"的样子，说："要是一开始就这么说，不就免得走那些弯路了嘛。"别说动摇了，她一副安心的样子，并再次叹了口气，一点伪装的痕迹也没有。

"这样我就姑且安心了……"上村妻子这样喃喃自语道，很快又摇头，"还不能安心哪。你真的有自信让我丈夫转变心意吗？从妻子……从我身边把他夺走。"

上村妻子注视着恭子的眼睛中，放出连黑珍珠也自愧弗如的强光。是认真的眼神。是真的，这个女人真的异想天开地来拜托情人收留自己的丈夫……脑海一角回响着这样的声音，恭子盯着女人的眼睛。

"我这样说，可能又会让你误解我是在挖苦人，但是……我真的很担心哪。因为那个人真的不是那么简单就会离婚的人……"

女人还想继续说，但这时，黑珍珠从恭子手

上掉落，女人的注意力被吸引，停下话头。桌子似乎有肉眼看不见的倾斜度，使珍珠朝着上村妻子那边滚过去。快要从桌上掉落的黑珍珠，被上村妻子用手接住。上村妻子用与之前不同的、微微远眺的视线看着手中的珍珠——这颗如同黑色露珠般滴落的珍珠，说："刚才的话，只是你为了试探我才说的吧？但或许你真的这么想，果然，你的真心……你果然有和上村结婚的想法呢。"

她似乎看破了恭子所有的想法。

"为什么这样断言？你又不是我，你怎么知道我的真心——"

女人避开恭子的反驳，摇摇头。

"我当然知道。要说为什么，因为这也是我的真心……实际上，我也一直想和上村结婚，直到今天为止……"

6

"夫人……"

话说出口,恭子不自觉地用手掩住嘴。长达数秒,目光像钉子一样钉在女人的脸上。"你,到底是谁?不是上村先生的夫人吗?"

恭子想起,刚才女人站在窗边说"能看见窗外绿意的房间,真不错呢"。她曾听说,上村家应该是被绿意包围的……

女人的视线离开手掌上的黑珍珠,缓缓抬起头。眼睛含着些微笑意……似乎吸收了黑珍珠的光,她的眼中带着淡淡的黑色荫翳。那荫翳也投进了恭子的眼中。

"你……到底是谁?"

恭子再次问道。女人并未回答,只是将视线落回手中的黑珍珠上。

"你要是想丢掉的话,可以给我吗?因为这个……这颗珍珠,比起你,似乎更适合我——我一直想和上村结婚,可一看到这个,就下定了分手的决心。"她仿佛在和珍珠对话,"下定决心的人,是我……而不是你。"

"我就是刚才说的上村的另外两个情人之一……不过没必要特意报上姓名呢,说情人就够了。因为我和你不同,被称为'情人'反而更开心。"

女人深深叹了口气,似乎将郁积在心中的不快都吐了出来,接着换上明朗的笑容,说:"一直想试试当夫人,今天一天过了瘾,就到此为止了。"

"这到底是怎么回事……"呆呆地看着女人的脸,几乎要失语的恭子,终于挤出一句话,"为什么要撒谎说自己是夫人……"

"如果说是他的妻子,你就不会拒绝和我见面了吧。为了探出你的真心,我想站在优势地位跟你对话……如果你真的想和上村结婚,我就放弃他。这就是我来的目的。"

果然如恭子隐约感觉到的那样,但是她没能看破这个女人不是上村的妻子。突然的反转让恭子感到无措,甚至怀疑这个女人还在说谎。

"虽然知道你不认识夫人,但我还是有些担

心，我这样的女人看上去像不像夫人呢……虽然和夫人同龄，三十五岁。"

面部线条让她看起来比实际年龄更年轻，确实，比起妻子，更适合情人的角色。恭子突然感到，自己的面容看起来也比实际年龄要年轻。

"但是为什么……如果你想和上村先生结婚的话，应该去找夫人，而不是我吧？"

"他和我之间只是逢场作戏……和夫人之间连作戏也没有了。其实，上村先生是想和妻子离婚，和你结婚哪。当然，也会和我分手……他只是因为知道你没有结婚的意思，感到寂寞，才跟我保持关系的——他曾经明明白白地和我这么说。所以，比起夫人，我更嫉妒你……即使我和他的关系比你还要早一年。"

"……"

"从剪指甲发觉你的存在，是真的。与上村的关系开始一年后，身上就没有指甲留下的痕迹了……两年前因为你，我的身体真的很寂寞呀……"

脸上的微笑虽然很明朗，但声音里能听出寂寞之情。女人很白。隐藏在毛衣之下的雪白肌肤，像是要浸入恭子眼中一般，令她不禁转过脸去。

"但上村先生从来没对我说过他想和我结婚的话……"

"你不是也隐藏了自己的真心吗？上村在你面前也是如此呀。他担心，要是把结婚的话说出口，就不得不和你分手了。"

"刚才的话才不是我的真心。我只是想知道你来这里究竟怀着怎样的企图。"

女人打断恭子的话："行了，不用再隐瞒了。我可不会为说谎的事道歉。反而是你要对我道谢呢，因为我就像给你们连线的月老。"她极力保持着微笑。

"但那不是真心。"恭子执拗地反驳。

女人突然表情严肃地重重摇头："请把它当作真心。我觉得那样更好。因为我已经决定要和上村分手了。"

"不是的。"恭子笑了，"我刚刚说的，是指上村的真心……就算他嘴上对你那么说，就算他和夫人之间的爱已经冷却，但那个人是绝对不会和夫人分开的。这不是你自己刚刚说的吗？"

"但那只是我扮演夫人时的台词而已。"

"不是的。"恭子静静地摇了摇头，"其实，你的确隐隐约约察觉到了上村的这一点吧……所以，没必要在意他和我之间的关系，你最好也和他分手……除了夫人，那个人不会选任何一条路。我也决心和他分手了。"

女人想要反驳，但在开口之前，似乎被恭子无言的注视说服，短暂的踌躇之后，点了点头。黑珍珠从女人的指缝间掉落到桌子上。珍珠滚到恭子这边，恭子十分自然地伸出手将它弹了回去。女人又伸手将它弹了过来。

房间里，薄薄的暮色逐渐降临。午后的阳光似乎还残留在某处，沉默的两个女人的手指之间，来来回回的黑珍珠一闪一闪地亮着光。珍珠滚动发出的澄澈的声音，仿佛是两个女人的自言自语。

"没错，我果然一直很在意夫人哪。就算我

远比夫人更爱他，也做不了他的夫人。自己不是适合做他妻子的女人，我一直抱着这样的偏见……但能骗到你，让我有了点自信。如果我比夫人更早遇见他并与他结婚，也许意外地能做个好妻子呢……"

女人用寂寞的语气自言自语，然后笑着说："做妻子真好。今天演了这出戏，让我重新明白了这一点。因为，果然妻子才是处于优势地位的呀……"

"是呀，情人处在不利地位……"

恭子似乎不是在说女人的事，而是在说自己。她的内心中，或许有和这女人一样的感受，但是现在都已经无所谓了——忽然之间，恭子意识到，那颗掉落在薄薄的昏暗中的黑珍珠，正是两年来隐藏在自己心中的泪滴。

"给你吧，这个。"

恭子果断地、用力地用指甲弹向那颗黑珍珠。

防卫过当

过剰防衛

"请把无罪当成底牌……"

小田皱起细小的眼睛,用细细的视线战战兢兢地偷看律师的脸。小田的眼中总是潜藏着怯懦。他做过调查员、售货员、保安等种种职业,在社会的阴暗角落里小心地生存。小田茂,因涉嫌杀害独生女美世的恋人东道彦而被起诉。他的嫌疑很重。

小田反对这两人结婚,所以几乎每天都会前往案发现场——东的房间,公寓里的许多住户都多次听到从房间里传出的争吵声。隔壁的主妇做证，案发当天，她目击了小田进入东的房间。五分钟后，听见什么东西倒地的声音和人的呻吟声，又过了五分钟，她看见小田走出房间，似乎想要遮掩染血的双手。

两小时后，小田在自己家里被逮捕。插进被害者心脏的冰镐上，发现了小田的指纹。小田虽然承认杀了东，但同时申明，最初发起攻击的是东，自己只是出于自卫才应激反击，主张自己是防卫过当。但是，他并没有站得住脚的证据，检方仍认为一切都是小田的预谋犯罪。

小田虽然对律师立木也一直主张自己是防卫过当，但在公审日逼近的某天，却突然说自己是无罪的——东的死是自杀，证据就是小田当天从现场偷偷带出来并隐藏至今的遗书。但因为那封遗书里写到了小田某种可耻的癖好，小田觉得与其将其公开，还不如背上防卫过当的罪名去服刑。要是能判成防卫过当，量刑应该不重，一两年的监狱生活还是可以忍耐的。如果律师辩护后没能被判定为防卫过当，有被问重罪的危险时，就将公开那封遗书作为底牌——真是令人意外的诉求。

小田说自己是在东自杀后马上进入房间的。邻居听到的呻吟声是自己发出的惊愕之声，指纹也是想要拔出东胸口的冰镐时沾上的，为此自己还跌倒了。在尸体旁发现遗书时，他觉得只能将其隐藏起来……

"遗书里到底写了些什么？"

"说美世小姐的父亲是个可怜人……律师先生，我……喜欢看别人怯懦的表情……"

小田哆嗦着嘴唇，结结巴巴地讲述自己是如何被毫无血缘关系的一对夫妇养育长大的。那对夫妇从他幼儿期开始就虐待、打骂他，所以从记事起，他就对人类产生了一种本能的恐惧。要说当年的记忆，只有自己在黑暗中啜泣的声音。而那对夫妇嫌哭声太吵，便变本加厉。长大成人后，他身上带着的怯懦也没有消失。哪怕知道是被害妄想，在看见婴儿的眼睛时，脑中还是会突然掠过被虐待时的恐怖场景。就这样，他一直过着没有朋友，也不怎么与人交往的生活。他虽然与前年去世的美世母亲像普通人一样结婚了,但也只是感到过一瞬间的幸福,在妻子和女儿的面前他总是感到怯懦,家庭生活也不幸福。

为这样暗淡的人生点起亮光的,是成为征信专员之后不久,一个客人在他面前露出的怯懦的表情。他原本无心的话,却被那个男人误以为是威胁。在别人眼中看到和自己一样的怯懦,让他感到深深的安心。自出生以来,他第一次能正视别人的脸。一开始只是觉得安心,渐渐地,就变成难以言表的快乐。二十年间,他凭着这份容易抓住他人把柄的工作,看过近三十个人的怯懦表情。他绝对不是以金钱为目的,对方硬塞给他的钱,他都捐给慈善机构了。因此,他认为自己不会因胁迫而被问重罪。但东的遗书中,详细地写到了他的恶癖,要是被世人知道那将会是极大的耻辱。虽然他以渔猎他人的秘密为乐,但最怕自己的秘密为人所知——他一边享受着快乐,一边感到中毒般的痛苦。

说回东,是他自己不小心说漏了嘴,提到了自己中学时代的小小过失。小田期待看到女儿的恋人脸上的怯懦，几乎每天都去东的房间，终于把他逼到自杀……陈述的过程中，他那细小的眼中浮起泪花，让人想起听到脚步声就害怕地躲进阴暗角落的饿猫。

立木被这不得了的坦白震惊了，同时也感到害怕和同情。但此时，占据立木头脑的，是作为律师的冷静筹划。如果遗书真的存在，那么就像小田拜托的那样，隐藏到审判的最后，到被检方逼至绝境时再拿出来，戏剧性的胜利不就是掌中之物了吗？做了十几年律师，立木就是因为没有这种戏剧性、压倒性的胜利，才一直屈居二流的。这是绝好的机会。

但即便如此，这坦白也太意外了，立木半信半疑。直到从小田口中问出他将遗书藏在自己家的手提保险箱里，立木马上去了小田家，确实发现了东道彦的遗书。

"正如东先生在遗书中写的那样，父亲是个可怜人……"

女儿的眼睛和小田的一样细小而充满怯懦，

说着说着便伏在桌上哭了起来。小田家的保险箱里塞满了胁迫他人的素材：女生偷东西的照片、男女从酒店出来的照片、发票、录音带……这一件件，都是小田那阴暗人生的片段。几十双怯懦的眼睛挤在保险箱里，似乎可以听到被锁在黑暗中的少年的啜泣……立木感到脊背上一阵寒意，但也有一种抑制不住的雀跃的冲动。

立木小心地带回遗书，并进行了详细的调查。结果显示，那的确是东的亲笔，上面的血指纹也是东的。

立木觉得，胜利已经如探囊取物了。

三个月后——

如立木所愿，他胜券在握。

审判的焦点，在于案件是防卫过当还是有预谋的犯罪。虽然立木已经知道小田没有杀人，更谈不上防卫过当，但这无法证实，所以他不得不陷入苦恼的防卫战。但这是计划的一部分。检方不知通过什么方式，找到了被小田勒索的证人，得意扬扬地证明被告人是怎样一个充满恶意的家伙。但检察官不知道的是，这个人也能印证立木的底牌，是对辩护方有利的证人。

直到被检方逼至绝境，立木在关键时刻亮出了重要的证据——遗书。法庭顿时陷入混乱，审判发生戏剧性的逆转，立木第一次沉浸在获得巨大胜利的快感中。

遗书的真实性得到了验证，住在东隔壁的主妇也回想起，在被告人进入房间的十分钟前，她听到了东的闷哼。

最后，法庭判决小田杀人罪名不成立，只是因为恐吓罪被判一年半的有期徒刑。考虑到小田将一个年轻人逼死的事实，以及他犯下的胁迫案的数量，可算是很轻的量刑，这都是因为立木极力强调被告人在幼年时遭受的不幸。但是，小田却一副不满的样子。他似乎看出了立木从一开始就打算使用底牌，眼中浮现出仇恨。但是那份恨意，迅速被一直以来的怯懦重重地涂上了黑色。

这名五十二岁的被告人的眼睛，如同逼仄又黑暗的洞穴，吞噬了除怯懦以外的所有感情。

在狱中表现良好的小田,比刑期提前半年假释出狱。在他出狱的前一天,女儿美世对律师说:"我不想和父亲见面,所以想藏起来一段时间。但在那之前,我实在无法忍受隐瞒那件事了。"她道出了惊人的事实:东写下那份遗书并想寻死的日子,是案发的前一天。他当时想用煤气自杀,被偶然前去的美世救下。在美世的劝说下,东打消了自杀的念头,但他说:"不过,请把这份遗书给你父亲看看吧。看看我究竟有多么痛苦……"所以,他并非自杀。还有一点——小田也曾勒索东隔壁的主妇,那个主妇在审判最后提供的证词,也许是受小田指使……

"这么重要的事为什么不早点……"

"律师先生,父亲他……也胁迫了我。"

东不是自杀。那么果然是小田杀的……但是动机究竟是什么?混沌中,立木忽然意识到做局的其实是小田。自己是不是他为了获得无罪判决而利用的工具?获得戏剧性胜利的人应该是小田才对——但一切都未清晰明了。第二天下午，立木接待了来访的小田。

他似乎一出狱就到这边来了。乘上去年那场审判的东风，立木建起了豪华的事务所。白发丛生、越发瘦削的小田，用更显怯懦的眼神打量了一下四周，从塑料包里拿出一沓照片。

立木失声了。照片似乎是自动连续拍摄的，十几张连成一幕杀人剧——甚至鲜明地记录下了小田拿着凶器刺向东胸口的瞬间。

"为什么……为什么要杀人……"

"总是拿些小秘密威胁普普通通的人，我对此已经厌倦了。我想看看地位更高的人，露出更怯懦的表情的样子……从美世那儿看到东的遗书时，我就想好好利用一番。用我的力量，将某个有地位的人推上更高的位置，让他可失去的东西更多。正当我不知道要选谁时……"

立木眼前浮现出"防卫过当"这个词。对小田这个男人来说，胁迫他人，是保卫自己的人生的唯一手段。但是，他防卫得实在太过了……

"我不是为了钱。我只是想一直看着那个表情,直到死。"

怯懦的神色从小田眼中消失了。外面正在下雨。

受审的女人

裁かれる女

无声的雨……

阴暗的房间中,不可思议的潮湿感传递着窗外的雨的气息。那是这个被法律书籍掩埋的狭小房间酝酿出的,特有的雨的味道。被关在《六法全书》和案例集里的古旧的、满是灰尘的文字,就像被神经痛折磨的老人一般,因为感到雨水的气味而咳喘。法律的文字也老了,病了。

这雨来得很突然。

傍晚,想事想得正出神的时候,窗边还有夕阳,于是好像就那样趴在桌子上睡着了。

大概是嗅到了雨的味道才睁眼的吧。又好像听到了电话铃响,但铃声只响了短暂的一声就断了,也可能是梦中的声音吧。

做了什么梦呢?

想不起来了。黑暗之中,意识也如迷雾般朦胧。

重返寂静的黑暗中,挂钟秒针的声音越发凸显。在这个死寂的事务所里,那是唯一显示生存迹象的东西。

现在几点了呢?八点的时候,会有一个在公司上班的男人过来,为他的独生子被暴走族袭击的事。昨天晚上他打来电话,说是熟人介绍来的。说不定现在已经快到约定的时间了。但是并不想马上开灯。想让沉重的身体,继续沉浸在这如梦的后续般的黑暗中。因为趴着睡,迄今为止积累的疲劳都渗透出来了……

灯一开,一切都将回到现实。不论是廉价的图书仓库一般煞风景的房间,布满尘埃的人生,还是已经三十七岁的自己……在年轻能干的女律师的面具背后,一直隐藏着的精疲力竭的素颜,会在灯光之下暴露无遗。

但是，不管是否愿意，必须开灯面对现实的时刻终于来了。因为门口传来了敲门的声音。

第一声微弱，第二声激越。

等了四秒，她摸索着打开台灯，看了眼丢在桌上的手表。才七点零五分——

不是约好的那个委托人。是谁呢？

她一边将散乱的头发拢上去，一边从椅子上站起来，转身面向一直背对着的房间门，身体一下子僵住了。

一个男人已经站在了房间里，背对着门而立。

她立刻想起，傍晚，报纸的收款员来过后，自己忘了锁门。但是，为什么刚才没有听到开关门的声音呢？满是旧伤的木门，不管多么小心地使用，开关门的时候一定会发出像悲鸣般的吱吱嘎嘎的声音。

见她吃了一惊，来访者微笑着轻轻低下头。

"为何如此吃惊？"

他这样问道。

"是不是太突然了？虽然我也想着是不是打个预约电话更好……但因为是难以在电话里说明的事，所以就直接登门拜访了。"

"是辩护委托吗？"

"是的。"

"既然这样，那就请坐……"她装作不经意地一边整理头发和衣服，一边请来人坐到房间角落里用来待客的沙发上，"但是，也许您改日再来一趟比较好。八点我有别的客人来。"

"请，请坐——"

她一边收拾着桌上摊开放着的报纸，一边再次说道。但男人还是戳在原地不动，只是执拗地盯着她的脸。

"刚才趴着睡了吗？"

男人瞥向窗边的桌子。他为什么会知道呢？是刚睡醒时发肿的眼睛泄露了秘密吗……她正起疑，男人向她走去，突然将自己的脸贴近她的脸。

"干什么？"

她慌张地向后退了一步。男人只是淡定地说：

"没什么,你脸上有字。"眼睛又朝她的脸凑过来。

"是什么字呢?好像是汉字的'四'……是'四',还有'悲'。'四'和'悲'……这是什么意思?"

"谁知道。我趴在笔记本上睡着了,因为有点累……"

她的脸上浮现出刻意的笑容。

"出了点汗,沾上墨水了吧。印得很清楚哟。说起来,真是像白纸一样的肌肤呢。"

趁着男人说这话的空当,她走到房间角落的洗脸台前,照了照镜子。镜子上蒙了雾,脸看上去有点呆……不,不对。

这时,她终于意识到自己没有戴隐形眼镜。桌子上应该放着框架眼镜的……正当她想走过去拿时,男人伸手阻止了她。

一瞬间,她感到了危险。如果这个人是强盗或变态呢?

"我这儿有手帕。"

男人这么说着,轻轻揽住她的肩膀,手中的

帕子摁上她的脸颊。才第一次见面，这太过亲昵了。但是，她任由对方摆布。对方要真是变态的话，就更不能做无谓的抵抗了……

手帕有些潮湿。为什么？

虽然对皮肤上微微的湿气感到有点恶心，但反正只是一小会儿，她并没有深入思考。而且，手帕透出一股强烈的香味，将她的注意力夺过去了。这气味虽然甜美，但总感觉隐藏着如针般锐利的刺激性……这个气味，她以前也闻过。是女人的香水吗，还是男人的古龙水？

"很容易就擦掉了哟。"

男人这么说。但是那种香味比文字更清晰地留在了她的脸上。

男人的服务并未到此为止。在她被香味夺去注意力的空当，男人将手伸向桌子。他一边说着"近视很严重啊"，一边帮她把眼镜戴上。

男人脸的轮廓突然清晰了。她多少松了口气。男人是童颜，有一双少年般的圆眼睛。虽然干燥的皮肤和眼角的皱纹泄露了他的真实年纪，但一笑起来就像孩子般天真无邪。但是，十年的律师生涯带给她的重要教训之一，就是绝不能仅以貌取人——她曾因此遭受过巨大的背叛。没错，绝不能只看脸就轻信他人。绝不能相信这个初次见面就挂着如此亲切笑容的男人。

"'四'和'悲'……到底是什么意思呢？"

男人一面低语，一面窥向桌上的笔记本。她马上伸出手，合上笔记本，说："总之先请坐吧，说说你的事……"

她的声音变得有些尖锐。男人似乎意识到自己的不客气惹怒了她，斜着眼睛朝上偷看她的脸色："对不起，还没打招呼就太过随意了。"说着微微低下头，老实地坐在沙发上。

"但是在正式开始谈话之前——你刚才说八点有别的客人来，那个预约能不能取消呢？我要说的事，不是三言两语就能结束的……是比那个客人更加重要的事。"

"你怎么能断定？那位八点要来的客人也是很……"

"不,之所以能等到八点,说明那人的事还有不少回旋的余地。而我的事一分一秒也耽误不得呀。"

"但是,已经浪费五分多钟了。"

她面向男人而坐,抬头看了看墙上的挂钟说道。

"并没有浪费。我是在观察你。我是要将自己的生命托付给你的,我想知道你值不值得我这样做。"

笑意在男人的眼中消失了,严肃的眼神好像在对她诉说着什么。

"然后呢,判断的结果是值得吗?"

"现在还不知道,只凭五分钟实在是……但是我觉得值得一赌。总之,请听我说吧。"

男人一直穿着中年工薪族标志性的灰色外套,这会儿像是突然想起来似的,将外套脱下来放在了膝盖上。里面穿着的,是颜色普通的常见西服套装。藏蓝色领带上的红色细条纹,是这男人身上唯一亮眼的色彩。

不,这男人身上还带着另一种色彩。男人脱

下外套的瞬间,她注意到房间的空气里飘散着淡淡的香味,可能是古龙水或别的什么。刚才以为只有那条手帕上染着这味道,原来他身上也有。那香味仿佛带着不可思议的色彩……

男人从西服内侧的口袋里取出钱包,看了看里面,轻轻咂了下舌。

"名片用完了。我的名字叫矢田圭一……"男人刚想介绍自己的职业,便摇摇头,"不是什么大不了的工作,而且从明天开始,我与工作什么的也没有关系了——因为名字后面要跟上'嫌疑人'三个字了。我想,快的话,今天晚上就会被逮捕了吧。"

"是与什么犯罪有关吗?"

"是的。"

"犯了什么罪?"

"杀人。"

"……"

"现在,我公寓的浴室里有一具尸体。要是藏起来行得通的话,我倒是想这么做……但已经过了一个星期了,已经是极限了……肯定会被警察发觉的。我准备向警察自首。这样的话,警察马上就会将我逮捕吧。"

她皱起眉头。

"您说的那具尸体,是谁的?"

"我的妻子。名字是……"男人刚想说,便摇摇头,"名字什么的也无所谓了。十几年了……这个名字除了意味着我的妻子,就没别的意义了。"

男人的目光投向斜下方,呆呆地盯着空中的一点,仿佛在自言自语。

"杀了夫人的……是您吗?"

男人好像没听见她的发问,仍旧盯着空中的某处,终于,视线突然回到她的脸上。

"听了我刚才的这番话,你也这么想吧?事情已经过去一个星期了,我没有报警,把尸体藏在了浴室里。听到这样的话,就会觉得是我怀着什么动机杀了妻子吧?"

"……也就是说,并不是您杀的?"

"嗯,我没有杀人。但是……"

"但是？"

"我在和尸体一起生活的这段时间里，有些瞬间会陷入是自己杀了妻子的错觉中……警察首先就会怀疑我吧。你也是，就算我说了我没有杀人，也还在怀疑我吧。"

"说不上怀疑不怀疑，我对您还一无所知。能不能请您从头开始详细说说……不，比起那个，请先告诉我，您为什么会来我这里？我想听听您的理由。"

"当然，我是为委托辩护而来的。一个将要被当成杀人犯的男人来拜访律师，除此之外难道还有别的目的吗？"

"这一点我知道。我现在想问的是为什么选我。是因为谁的介绍吗？"

男人突然又现出了孩子般的笑脸，说："果然，你把我的事完全忘了呢。"像是孩子拿恶作剧戏谑大人时的笑脸。

"……我们之前见过吗？"似乎担心眼镜歪了，她神经质地用手指扶了下眼镜的框架。

"一年间，几乎每天都见呢。"

"每天？"

"嗯。只是，说是'见面'也许有点像在说谎。你没有看见我，只是我看着你……从角落里的座位上远远地看着。"

"……"

"大学二年级的时候，我们同班。"

"那所大学？……原来是同班啊。"

"嗯。但就算是同一所大学的同一间教室，身为精英的你，和'吊车尾'的我，坐在完全相反的位置上。你坐在最前排的窗边，总是沐浴在早晨澄澈的阳光中，而我偷偷摸摸地坐在最后……最角落的地方，坐在仿佛昨天的夜色还粘在上面那般阴暗的椅子上。但我们有同一个梦想。那时候我还没有放弃当律师的梦想……这次的事情发生后，在第三天的晚上，我想，这么下去也不是长久之计，总有一天会被逮捕的……必须为此做点什么，于是打开黄页搜寻律师。我听说你在大学毕业后，考了两次还是三次，终于顺利通过司法考试成为律师，于是脑海中掠过了你的名字。不过，你的老家在札幌吧。我没想到你还在东京，就很快把你的脸从脑海中抹去了。所以，当我在黄页里发现'藤野有纪子法律事务所'的名字，而且地址与我所住的涩谷非常近时，简直想要相信神明的存在了。我仿佛在绝望的深渊看到了一线希望之光。"

"只因为这个，就选了我吗？"

"'只因为这个'？"

"照您的说法，您只因为我是大学时代的同窗，就将也许关乎自己性命的事托付给我了。要是那时候关系很近还另说……我们连话都没说过吧？虽然很对不起，但我连您的脸和名字都想不起来。"

仿佛沾着赤茶色铁锈般沙哑的声音，她在第一次听到的时候，脑海中似乎有一些记忆涌了上来。但那并非久远的记忆，而是比较新的。就在最近，好像在哪里听过这个声音……令人联想起生锈磨损的铁齿轮的声音……

"说过话的,是我主动对你说的呢。从远处的座位,对着你的背影……当然,你从未应答。但在梦中,我听到了很多次你的声音……那时候的你,对于已经对厚厚的《六法全书》感到疲惫的我来说,是唯一的梦想寄托。正因为如此,我能够信任你。"

不仅仅是声音,连眼神也变得炽热起来。对这个男人来说,我一定是一张感伤的青春纪念照片吧。她将目光移开。不只是因为厌烦男人的眼神。男人那双如孩童般的眼睛,大概与十七年前一模一样吧。那双眼睛中现在还映着十七年前的自己,这让她觉得可怕起来。但这一切的前提是,这男人说的话都是真的。

目光移到房间门上。突然,疑问又浮了上来。为什么呢?在敲门之后,男人是怎么无声地进入房间的?

"您只是相信自己的梦吧?"

看着门,她说。

"对我来说,十七年前的自己,也不过是场

梦罢了。那时候的我和现在的我，完全是两个人。成为律师，的确是那时候最大的梦想，但实际上，成为律师之后，从梦想变成现实的那一瞬间开始……"

她环顾房间，继续说："这就是现在的我。"破旧狭小的房间里堆满旧书和文件，到处掉漆的混凝土墙，那都是十七年前梦想的残骸。姑且还能顾上自己的仪容。藏蓝色的西服是上个月在大减价时买的，但总归是名牌货，唇上的口红也闪着珍珠光泽。但是，面具之下隐藏着的真正的自己，皮肤像混凝土一般干燥，和褪色的法律书籍、变干发脆的纸没什么两样，不过是青春的残骸罢了。

目光停留在门口处，像被丢弃了似的摆在书架上的小小的木头鸟上。三年前去巴厘岛旅行时买的这只有点像极乐鸟的鸟儿，是这间事务所中唯一的色彩，但如今也落满尘埃，只是奇妙的形状还吸引人眼球罢了。不，那也许是她人生中唯一的色彩。还有巴厘岛的夕阳的颜色……斑驳地染上红色的天空，仿佛融入夕阳，却又浮现出来的长长的男人的影子。她很快将目光从那鸟儿身上移开。

委托人还在看着她。那双眼睛静静吸收着染在她唇上的自嘲的微笑。

"而且，就连您……"她说，"您以前好像对我怀有单相思似的心思，说些自我陶醉的话，但您最后还不是和别的女性结婚，然后和那位夫人结局惨烈吗？这就是现实。"

"不……我想说的是，人是可以只相信梦想的。现实这东西，一点可信之处也没有，不是吗？特别是如今这样的时代。我觉得十七年前梦中的你，比其他任何一个律师都要值得信赖，所以来了这里。"

她想插嘴，他抬手阻止："当然，十七年前的你和今天的你也许不一样，我也有这种不安。我也不至于那么孩子气嘛。因此，在黄页里发现你的名字之后，我马上就拜托人调查了你的事情。"

"……"

"我有朋友在征信所工作，就拜托了他。马上就有了结果。直到三年前,你一直在一家法律事务所就职,后来因为不满他们金钱至上的经营方针,就辞职出来自立门户了。和你同一时期辞职的女性是这么说的。虽然有些冒犯,但确实是这么回事吧。但是,对我来说,在这样的地方背水一战的律师,更值得信赖。就算梦想的外衣破旧不堪,里面的你也还是和我的旧梦中的一样。当我第一眼看到这个房间和你的时候,就这么确信了。"

"什么背水一战,没那回事。勉勉强强而已。不过确实,前事务所就像把被告或委托人放到传送带上,注入金钱的润滑油,搬到名为'法庭'的工厂……那样的方式,我实在忍受不了。但自立门户之后我明白了,像这样贫穷的事务所,只有贫穷的委托人会来。这就是现实。"

"不用担心钱的事。我有点积蓄……虽然妻子铺张浪费,让我在经济方面吃了不少苦,但雇一个律师的钱还是有的。"

男人略显得意地说,然后脸上忽然蒙上忧心忡忡的阴云。

"那个,我妻子非常浪费,这一点会成为动机吗?我杀害妻子的动机……"

"分情况,也许吧……因为夫人的死,您会在经济方面受益吗?比方说,公寓在谁名下,有没有保险金……"

"妻子那边的公寓是租的……我虽然以妻子为受益人投了五千万的人寿保险,但妻子那边没有投任何的保险。但是……那个,警察不会因为那种事情而认为我有杀害妻子的动机吧?"

"您指的是?"

"妻子性格冷淡,警察会不会考虑这一点呢……实际上,妻子也提过以我为受益人投人寿保险,但被我拒绝了。妻子会死——哪怕只是考虑这种可能性,我也不想。但警察和检察官会不会无视我这样的心思,仅仅认为妻子性格冷淡,我无法忍受,因此杀了她呢?"

男人再次露出担心的表情问道。

"您想多了,有很多家庭是只有妻子给丈夫投了保险的。比起那个……"

她看着墙上的挂钟："我去取消八点的客人预约。"说着站了起来。

"但是，并不是说我就决定要接受你的委托了。我觉得还是再多听你说说比较好。"

男人郑重其事地点点头。她走向摆着电话的桌子，在杂乱的桌子上找到写着八点钟来客的电话号码的便利贴，拨了电话。不过，那边只传来忙音……对方已经出家门了吗？

她放下听筒，突然想起，刚才在梦里确实听到电话响了一声。在梦的最后，电话只响了一下就断了。就是因为那声铃声，自己才睁眼的。那一晚的电话铃声，在梦里也能听见。前天如此，昨天亦如此……也许今后的梦里都会响起那仅有一声的铃声，打破好不容易安稳下来的睡眠吧……也许从今以后，直到生命尽头……

红色的阳光中，浮现出一个人的身影。即将消融在夕阳之中的薄影……她将目光转向书架上的木头小鸟，马上又移开。那一瞬间，坐在沙发上的男人的脸映入眼帘。他侧着脸，视线投向书架上蒙雾的玻璃，看着《六法全书》中的一册，唇边渗出奇妙的微笑。这个委托人，让她想起了自己最不想回忆起的大学时代。那时候她充满了梦想，而十七年后的今天，梦想零落成泥仅仅是偶然吗？沾染着那个时代的气味的男人，突然因为所谓的"杀人事件"来访……

气味？

尽管满是灰尘又很干燥，但被无声的雨濡湿的房间一角，还飘荡着那阵香气。她面对着男人重新坐下。

"对方不在家，可能已经出门朝这边过来了，但不要紧。他就住在附近，要是过来了，我会告诉他不巧有客人，让他改日再来的。但是，我们还是稍微抓紧点吧。请从头开始，有逻辑地说说吧。您和夫人之间到底发生了什么？"

她一边说着，一边又马上自我更正：

"不，在那之前，您有没有能证明自己所说的都是事实的证据呢？我呀，认为和委托人之间应该建立真诚的关系。所以我就直说了，我对您所说的和我是同窗的话,现在还完全不能相信。实在是过于凑巧,让人觉得是编造出来的……"

"这不是凑巧,而是必然吧?曾经同为法学专业学生的两个人,一个进入法律界工作,过着与法学相称的生活;另一个从法学的道路上脱轨,结果犯下与法律相悖的大罪而将要遭到逮捕。这样一来,当然,后者会委托前者辩护的吧。听好了,我是选择了你所以才来的。并没有什么'偶然拜访的律师是我过去的同窗,而且还是我曾经憧憬的女性'之类的浪漫剧场般的偶然。没有熟人委托你辩护吗?你的熟人要是碰上法律方面的问题,首先会来与你商量吧?就算你不记得我,但对我来说,你就是熟人……还是说,发生了什么我未曾意识到的别的偶然吗?"

像是对自己被怀疑一事感到愤怒,男人一口气吐出了许多争辩的话。"但是——"他的声音软了下来,"我就担心会被你这么怀疑,所以把这个带来了。"

男人的手伸向放在沙发角落里的黑色提包,

从里面拿出一样东西,递过来。

"这是当年的学生证,和学生名册的复印件。"

学生证的纸张已经发黄,里面贴着褪成深棕色的证件照。照片上的人虽然比现在要稍微瘦些,还是长发,但唯独眼睛仿佛忘了成长,与现在没差别。复印件上有"矢田圭一"这个名字。分成两段的名册上,她的名字在斜上方……

她的名字和他的名字用红色的签字笔圈了起来。

"对不起,怀疑了你……但是,其他人的名字我也都忘了。那时候的我满脑子都是当律师的梦想,拼命努力,没有把注意力放在同学身上……"

"不过,这个男同学是例外吧?"

这么说着,男人指着名册角落里的一个名字,并用手指在名字上画了个圈。

瞬间,她吓了一跳。

"这个叫'渡边一广'的,也能证明我曾是你们的同窗吧?"

"……"

"当时,我想是某年的冬天吧,有一次,我看见你和他一起进了池袋的旅馆。"

"……"

"并不是跟踪,我只是偶然和朋友一起在那家旅馆斜对面的咖啡店……你们当然没有注意到我。不知怎么的,看着你们,我反而觉得像是自己做了什么可耻的事一样,满脸通红,朋友问我'怎么了'时的情景,我现在还记得。他和你在教室里总是隔得很远地坐着……他,应该是网球部的吧。在明媚的阳光下,他穿着洁白清爽的网球服,露出笑容时雪白的牙齿闪着光。他和你从那种摆着黄色霓虹灯的旅馆里……那是什么样的旅馆,不用我说明了吧。"

无法否认。她藏起动摇的心,故作不在意地微笑道:"都是过去的事了。"

"是啊,但是我经常回忆起。包括当时我立刻从咖啡店飞奔出去,像是逃跑似的远离那家旅馆时的情形,也经常想起。有嫉妒,也有因为还是青涩的年纪,觉得自己的'偶像'被破坏了似的愤怒。

但是，就算那时青涩，如果你是我真正憧憬的女性，我也应该祝你和他幸福。我觉得你能和他结婚的话，是最好的了……后来并非如此吗？"

"要是调查过我，你应该知道的吧，我把律师的工作当成自己人生的全部，一直过着独身生活。"

她用自嘲的口吻，如此答道。

男人点点头，问道："刚才你说已经是过去的事了，你和他早就分手了吗？"

"在那之后，很快……就算是那时，我也只是不情不愿地跟着去的旅馆。在走出旅馆的时候，我就已经下了分手的决心。正如您所说，邀我去那种旅馆的人，不适合我。"

"是吗？在那之后，我就算在教室看到你们像完全不认识一般隔得远远地坐着，也会觉得那是为了掩人耳目而演的戏……但是有点遗憾呢。我曾一边在心中描画着你和他结婚的幸福画面，一边抚慰自己的伤口。说是伤口，也是我一厢情愿受的伤……不承想你们在那之后就马上分手了。"

像是真的很遗憾似的，男人深深地叹了口气。

说谎！

她在心中呐喊着。这男人在说谎。这个男人，也知道我刚才在说谎。我和他最终分手，是在那之后过了十七年，上周的夜晚——这男人肯定知道。只响一声就挂断的电话，以及，那声短促的铃声意味着我们两人永远的分别的事，他也……

被不安和疑惑所侵袭的同时，她又用理智否定了这份疑惑：这男人不可能知道我和他真正的关系。是我想多了。这男人不可能知道。我和渡边的关系没有人知道……所以，我最不想听到的名字，从这男人的口中说出来，只是偶然。

不，不可能纯粹是偶然吧？怎么可能会发生这种偶然……

"好像让你想起不愉快的事了，对不起。但是这样你应该可以承认我是同窗了吧？"

男人一边担心地看着她的脸色，一边说出这话的时候，她下定了决心。不管这男人有没有在说谎，总之先让他把想说的都说出来。是不是谎话，在他把所有的话都说完之后再判断。

"明白了。我才应该道歉,您说的一分一秒也耽误不得的事,被我无聊的怀疑打断了。但是,还有两点,我想顺便跟您确认一下。"

"请讲。"

"夫人被杀,是真的吗?尸体现在在您公寓的浴室里吗?"

"当然,是真的。但是……"

"但是?"

"如果要我现在拿出证据,我办不到。您只能去那间公寓用自己的眼睛来确认了。"

这么说着,他又摇摇头:"只是……"

"虽然对法院来说没什么意义,但有三件事多少能为我证明。想听吗?"

"嗯。"

"第一件是,如果我没有杀害妻子,为什么非要说这样的谎话呢?我没有说这种愚蠢的谎话的理由吧?"

"的确。但是世间也有毫无道理地撒谎的人……"

"除此之外还有别的理由吗？想不出来吧。所以，就算不能断定我说的是事实，也必须承认，是事实的可能性很高吧。"

她点点头，问："第二件呢？"

男人从外套的口袋里拿出刚才的手帕，说："第二件，就是你刚才应该闻到了的气味。"

"我并没有在手帕和身上抹这种香味的兴趣。只是，大约在第三天的晚上，就算浴室的门紧紧关着，也……"

"……"

"因此，没有办法，第二天去上班的时候，我在化妆品店随便买了瓶香水……一瓶远远不够，到今天为止总共买了二十瓶。最初只在房间里喷喷，但身上好像也染上那个气味了……"

男人摇摇头，接着说："有购物小票哟，化妆品店和药妆店的。"说着，他从钱包里取出好几张小票，放在桌子上。

"我还在药妆店买了芳香剂和除臭剂。但是只靠那些东西，实在是没办法……"

她不禁用手覆住脸颊。那香甜的气味背后,可能潜藏着阴暗的,像针一般的,死亡的气味……浴室中,一整晚都弥漫着死亡的阴影带来的浓重的气味,如果是这样的话……男人无视她的反应,继续说:"还有一件,是留言电话。"

"妻子被杀的第二天,好像原本与朋友有约。那个朋友生气的声音被电话留言录下来了。她昨天还打来电话,生气地说'都一个星期了,你到底去哪里了'。那个声音也被录了下来。想听一听吗?我可以给公寓打个电话。"

这么说着,男人就要站起身。她摇摇头阻止道:"不必了。"

"那么,最后还有一件事要确认一下——杀了夫人的,不是您吧?"她紧盯着男人问道。

"我绝对没有杀人。"男人看着她,明确地回答。

"那我就问了。一周前的晚上,发生了什么?"

"那一天——"男人开始讲述,"那是周六,我和妻子准备晚上去看意大利歌剧。是妻子提议的。我虽然对歌剧没什么兴趣,但有著名的男高音演出《丑角》，所以有点心动——你知道吗，歌剧《丑角》？"

"不知道。"

"终场时有著名咏叹调《穿上戏装》，我从过去就很喜欢那首歌。妻子对歌剧也不是很了解，只是很久没有好好打扮，出入华丽场所了。夜晚将近，妻子开始欢欣雀跃地选衣服，我则哼着《穿上戏装》的调子走进浴室淋浴。真是讽刺——《丑角》是一个杀妻的故事。在马戏团做小丑的主人公杀死不贞的妻子，是全剧的高潮。之后，登上舞台的时刻迫近，主人公自言自语着'穿上小丑的衣裳'，登上舞台开始唱歌。虽然是悲痛的歌，曲调却很甜美，我从过去就很喜欢。我还记得自己一边哼着这首歌一边打开浴室的门。这正是偶然吧？讽刺的偶然……最令我感到讽刺的是那之后的两三分钟。在更衣室脱光衣服打开玻璃门，我皱起眉。妻子并非刚刚才沐浴过，沐浴液、洗面奶之类的东西却散乱着……妻子不仅讲究化妆品，在沐浴用品上也花了不少钱，特别是因为她以发质好而自豪，所以洗发水用的是一瓶一万日元以上的高级品，可那些东西像破烂儿似的四处散乱着……就像是金钱废墟的感觉，我还记得自己不由得咋舌了……那个……"

男人伏在膝头，抬起眼睛："警察不会也把这当成动机吧？"他的眼里又笼上担忧的阴云。

"妻子非常不爱整洁，不仅是浴室，房间里也非常乱，而我是'整理狂魔'，好几次都忍无可忍。所以三年前我们就分居了。"

"分居？"

相比男人频频在意的"动机"，她更在意这一点。说起来，男人早就用过"妻子那边的公寓"之类的说法。

"您和夫人是分居状态吗？"

"嗯。妻子和我最初当然也是十分相爱的，但一起住了那么长时间——和杀人一样，爱也有时效呢。话虽如此，但也不是说爱就完全冷却了。我们的分居是一边尊重彼此的自由，一边结下羁绊的，建设性的分居。我们一点也没有分手的想法。"

"孩子呢？"

"没有。正因为如此才能过得如此奢侈吧。妻子在附近租了新的公寓，每周有两三天我去那边住。与其说是'分居'，不如说是变成'走婚'了吧……过去的日本就是这样呢。千年之前，丈夫去妻子那里是很自然的事，对当下的我们来说也是自然的。"

"那么，那个……事件发生的当晚，您在夫人的公寓吧。"

"嗯。傍晚，我去妻子的公寓……然后去洗澡。把散乱的东西简单整理后淋了浴，两三分钟后出来，妻子就躺在起居室的地板上了。看上去是那样。我一边想她为什么突然在那种地方躺着，觉得不可思议，一边走近……看到旁边有个倒过来的大理石座钟的时候，我还想'又在这儿乱放东西，真是个邋遢的家伙'。虽然马上意识到人死了——被杀了，但心理还没反应过来。妻子仰面倒地，已经不能动了的眼睛好像盯着半空，我俯视着她的脸，呆立在原地。脑中回荡着谁在拼命呼喊的声音：'穿上衣裳吧，穿上衣裳吧……'我除了一条浴巾外一丝不挂。"

"为什么没有马上叫救护车和警察呢？"

"关于这一点我不能很好地解释。我知道就算叫救护车也晚了，从这点看来，当时我已明确意识到妻子已经死了，但是，却没有产生驱使自己去报警的'死的实感'。我对人已经死了这件事将信将疑，脑海中压根没有浮现报警的必要性……还觉得妻子好像一会儿就会坐起来，笑着对我说这都是玩笑……"

"您确认过夫人的脉搏和心跳吗？"

"没有，只是看到那盯着半空的可怕神态就会明白，人已经死了。"

"明明看到了那样可怕的神态，却觉得她还会坐起来笑着说'这都是玩笑'？"

"所以说我当时完全处在混乱之中。但是，我知道人死了，是被杀死的。知道，同时也不知道……自那之后过了一个星期，从那间浴室传出的气味告诉我，一切都是现实，现在都明明白白的了。尽管如此,我心中总有一个角落还不能接受妻子真的已经死了的事实……你之所以觉得我在说谎,可能就是因为这个吧。就连我自己也觉得妻子的死不是真的……"

"您怎么知道夫人是被人杀死的?从刚才的话来看,难道不觉得事故的可能性比较大吗?"

"事故?"

"出于某种原因跌倒,头撞在大理石座钟的一角上而死——没有这种可能吗?"

"我也曾有一瞬间这么想,就算在那种混乱中……妻子有点急性子,经常被什么东西绊倒。在房间里也有两三次肩膀或腿撞到柜子或桌子的角上。但那时候我很快明白过来不是这么回事。"

"为什么?"

"刚才我说妻子盯着半空,那双眼睛,看到了犯人的脸。"

"……到底是怎么回事?"

"她的眼中烙印着犯人的脸哪。"

"……"

"妻子那双可怕的眼睛令人不得不这么想。只有那双闪着黑光的眼睛让人觉得妻子还活着。唯独对杀死自己的犯人的憎恨还活着……不,"男人摇摇头,"但是,当然,不仅如此。我在淋浴的时候,好像听到了妻子和谁争吵的声音。因为没听到具体的字句,我就以为那是妻子在电话里对谁发火。其实……在我身处浴室的短短的时间内,有人为了杀害我妻子而进入房间,杀人之后马上逃跑了。"

"有没有可能是小偷?"

"应该不可能吧。请注意,我没有听到门铃声。傍晚,我进入公寓的时候,亲手把门从内侧锁上了。我进浴室的时候锁还是好好的。门铃没有响,所以也不是妻子开的门。也就是说,犯人进入房间的方式只有一个。您明白了吗?"

"……"

"犯人有房间的钥匙。犯人没有摁门铃,而是用钥匙打开了门,被突然闯入的犯人惊到的妻子发出质问,但正当此时,犯人绕到妻子背后,挥下手中的钝器。然后，犯人逃出房间，锁上门，溜之大吉。——两小时后，我稍微平静下来，发觉房间的门锁完好，妻子的后脑勺有被击打的痕迹，除此之外脑中一片空白。没错，犯人是妻子认识的人，从妻子那里得到了钥匙并能自由出入房间。公寓的管理员也有万能钥匙，但实在无法想象是那个老人杀了妻子。"

"——那么，也就是说只有一种可能，犯人从一开始就是抱着杀意来房间的。"

"嗯。正因如此，才是惊人的偶然。当犯人以为房间里只有我妻子一个人所以进来的时候，我碰巧在浴室里。要是我和那个犯人的行动错开几秒，妻子可能也就不会被杀了，就算最后还是被杀了，我应该也会撞见犯人吧。"

"虽说如此……要是在浴室里能听见夫人的声音，犯人是不是也会听到淋浴的声音？要是知道除了夫人之外房间里还有别的人，犯人难道不会停止行动吗？"

"不，浴室的门很严实，浴室内的声音不会

漏到外面。就算有点声音也是很轻微的，处在兴奋中的犯人应该听不见吧。相反，就算在浴室里淋浴，门铃声和电话铃声等大的声音也是一定能听到的。因为公寓位于七楼，那儿的淋浴花洒出水不是很流畅，所以声音也小——当时，犯人压根没想到我在浴室里，所以踏出了犯罪的一步。"

"但是您的鞋不是放在玄关的吗？"

"就像我刚才说的，我是个整理狂魔，就算只在房间里待几分钟，也会把鞋子放到鞋柜里。"

"有没有可能犯人没有摁门铃，而是敲门了呢？因为听到了敲门声，夫人去开了门，也有这种可能吧？"

"不，玄关和起居室之间有相当远的距离，从门外面如果不是非常用力地敲门，里面是听不到的。只是——"

男人一直背对着事务所的门，这时候转过身，说："如果像我刚才走进这个房间时那样，别说敲门了，就算是很小的声音，里面的人恐怕也能听到。"

"嗯？"

"刚才，我先打开门走进房间，又敲了门。我在门外敲了两下门没有人应，试着转动把手，门就开了。于是我走进来，等眼睛适应了黑暗后关上门，又从内侧敲了敲门。"

男人的手在空中敲了两下。

"……原来如此，原来这么简单哪。"

"什么？"

她说没什么，摇了摇头。原来听到敲门声时，这男人已经在屋内了，所以我才没听见开关门的声音。我睁开眼睛的时候，这个房间已经被那男人踏足了。而且不仅仅是房间。这男人不知从何时起，已经潜入了我的身体和内心……这不是偶然。这男人的来访绝对只是偶然……

她又将胸中涌起的不安努力压下去，说："总之请把话讲完吧。"

"两小时后您平静下来，为什么没有报警呢？"

"发着呆居然过了两个小时。怎么向警察解释这一切呢？我不认为警察会相信我刚才对你说的那番话。不如说，我觉得在原地等待比较好。"

"等什么？"

"等犯人回到案发现场……我想，如果没有看到发现尸体的新闻，犯人就会起疑，并回到现场的。但这种幸运并没有发生，就这样过了三天，为此我被逼入穷途末路……你也不会相信这种话吧？"

"——不。"

男人窥视着她的表情，她眼中的不信任感未能逃脱他的目光。你才不会相信——男人唇边浮现出的淡淡笑意仿佛在这样轻蔑地说。

"但是如果接受委托的话，就算不合理我也会相信的，请放心。确实，如果是目前的这些话，警察肯定会怀疑您的，您被逮捕的可能性应该很大。但是，如果除您之外的人有杀害夫人的动机的话，警察应该会怀疑那个人并展开调查。然后——如果您的话都是事实，犯人应该有夫人房间的钥匙，能自由出入，您心里有怀疑对象吗？"

"只有一个人。妻子的外遇对象。我妻子有外遇。"

"名字是?"

"'恋人'。"

"……"

"妻子在和我谈起这个外遇对象时,从不提及名字,而用'恋人'代称。'恋人刚刚来过'或者'我和恋人吵架了'等等。"

"也就是说,夫人没有对您隐瞒外遇的事,是吧?"

"嗯,虽然没有提及名字……也就是说,那是连名字也没必要提及的外遇对象而已,我不必担心。三年前,妻子跟我提出分居时说,实在不想把恋人带到和我一起居住的房间里——虽然我是无所谓的。"

"因为您对夫人的爱冷淡了吗?"

"不,不如说正相反。因为爱她,所以我认可她的自由。虽然多少有点嫉妒,但是那种嫉妒经过十五年,反而成了妻子和我之间关系的润滑油。妻子和那个恋人只是逢场作戏,总会回到我这里的,我从未怀疑过这一点——事实上,大约半个月前，妻子说'我对恋人已经厌烦了，但那人对我还怀有不该有的执念，这样下去可能会被杀的'。好像是个执念非常深的家伙……"

"夫人称为'恋人'的男人，您之前见过吗？"

男人露出相当诧异的表情。

"'之前'是指？"

"我的意思是，在夫人一周前被杀的那个晚上之前……"

"不，没见过。"男人斩钉截铁地说，"我对妻子的外遇对象基本没什么兴趣，直到妻子被那家伙杀害——前提是那家伙的确是犯人。但是，除了那家伙之外，我的确想不到别人。是的，那一晚我并没有见到那个'恋人'。我和那个'恋人'，分别在浴室和起居室，互相都没有看见对方……"

"也就是说，夫人厌倦了恋人，想与之分手——而恋人那边却不想分，宁可杀了夫人。有能证明这番话的东西吗？"

男人一言不发，只是看着她的脸，过了一会

儿，终于将手滑入提包，拿出了一样东西。是一盘盒式磁带。

"有的。"他点头，慢慢地回答道，"这盘磁带录下了那时候妻子和我的对话。想听听吗？"

她没有回答，内心非常惊讶。如果有这样的磁带，为什么不早拿出来……

"你也许无法相信，但这的确也是偶然。那一天，我因为工作上的事要将自己的声音录下来。在我自己的房间。然后妻子过来了……她说房间梳妆台上的镜子碎了，是恋人趁家里没人时偷偷进来，把她的宝贝镜子打碎了，绝对没错，妻子感到害怕，便逃到这里了——妻子开始喋喋不休地说些恋人的坏话。妻子想分手，想要回钥匙，但对方好像制作了备用钥匙。因为录音功能一直开着，所以妻子说的这些话都录下来了。想听听吗？"

"这里没有播放器。"

接着，她又问："为什么——为什么明明有这么重要的证据，您却不报警？"

"这在审判时会成为重要的证据吧。但是，

我不报警，也正因为如此。这盘磁带里，有妻子责骂恋人的冷言冷语。但我不想让别人知道妻子和恋人的关系，不想因为审判而让这段关系被他人好奇的眼光审视——我不想让她受到审判。"

"……"

"怎么了？"

"是我听错了吗？您刚刚说受审判的是夫人，但夫人是被害者吧？受审判的应该是坐在被告席上的加害者才对。"

"如果你这么认为的话，的确是你听错了。啊，但是……不管怎样，你刚刚的话都是不对的。在审判中，受审判的不只是被告。不只是加害者，被害者也会受到审判。比如，假若我真的杀了妻子，在审判中检察官会控诉身为加害者的我，身为辩护人的你为了保护我，应该会努力把妻子塑造成反面的形象吧。妻子有恋人，实际上我对此无所谓，这不会成为我杀害妻子的动机。尽管如此，身为辩护人的你，应该会极力证明妻子有外遇，她的背叛让我陷入无尽的痛苦之中吧？"

"的确,根据时间和场合的不同,辩护人为了保护被告,可能会在法庭上过度暴露被害者的真面目……"

"是吧?在法庭上受审的不只是被告。被害者、证人、原告,都会受审……只不过除了被告之外,其他人不会被法律问责。但被害者受到道德谴责,是常有的事。世人的眼光、道德准则,有时候比法律还严苛。唯独我妻子,我不想让她受到法律或道德的审判。"

"您的话,我也不是不能理解。但是,这并不能回答我刚才的问题。如果有这样的证据,警察就会相信您的话,应该会把怀疑的目光对准身为夫人恋人的那个年轻男性……您为什么不报警?"

男人没有回答。取而代之的是,他从手提包里拿出一个火柴盒,取出一根火柴,并从磁带外壳中将带子拉了出来。正当她不知道他在做什么的时候,他撕扯下带子,擦亮火柴,将火苗靠近带子。电光石火之间,连阻止的时间也没有。

小小的火苗,点燃了像导火线一样的磁带。

男人把它丢进空空的烟灰缸。

"你干什么？"

"这种东西算不上什么重要证据。"

"但是……"

"比起这个，刚才，你说我妻子的恋人是年轻男性吧。你为什么会这么认为呢？我一次也没说那家伙是年轻男人哪。"

"那是因为……从您的年龄推想夫人的年龄，不知怎么就觉得那人是年轻男人了。您也用'那家伙'来称呼他。"

"没错，我用的是'那家伙'。但我一次也没说'那家伙'是年轻人，一次也没说'那家伙'是男性。"

男人说了两遍"一次也没说"，然后恶作剧似的抬起眼睛看着她的脸，露出孩童般的笑容。

"您是想说，夫人的恋人既不年轻，也不是男人吗？"

男人点点头，将目光移向烟灰缸中冒着烟的火苗，仿佛自言自语道："我的妻子有着不同一般的性癖。"很快,目光又回到她身上。

"吃惊吗?但我并没打算骗你,只是难以说出口……"

"您是担心审判时,夫人和那位女性的关系会被公之于众吧。所以才把能证明您清白的重要磁带给……"

"不,"男人打断她,"之所以烧掉它,是因为这种东西没什么意义——我有更能明确证明自己清白的证据。"

说着,男人又从提包中拿出另一盒磁带。不对——虽然它的形状与磁带很相似,但那其实是一盘八毫米录像带。从提包里一个接一个地拿出不可思议的东西,乍看之下动作僵硬笨拙的男人的手,现在看起来却像魔术师的手一样灵活柔软。

"这里面,录有那个恋人杀死我妻子的瞬间。"

突然的话语,令她的脸因惊讶而扭曲。

"这也是偶然。刚才我说过吧,那个恋人为了惹人不快,故意弄破了梳妆台上的镜子。那是妻子被杀的前几天发生的事。为此,妻子马上下单了新的梳妆台，但因为配送要一周时间，就把为了海外旅行而买的八毫米摄像机连接到电视上，暂时作为镜子使用。妻子相当喜欢这个临时的镜子，精心打扮的时候，为了检查后背的效果，甚至用它录像。因为妻子曾经的梦想是当时尚模特，所以很喜欢审视自己的穿着、自己的美。你现在该明白了吧。那一天，为了去看歌剧，妻子开始挑选服装，将摄像机和电视作为镜子使用。而对此毫不知情的女性恋人进入了妻子的房间……完全不知道自己已经被录下来了。"

"……"

"我没看到那个女人的脸。里面只录下了妻子的侧脸和上半身……一开始，对方碰巧站在摄像机拍摄不到的死角里被妻子责骂，后来妻子似乎连那人的脸都不想看见，转身背对着那人，露出另一边侧脸，闭口不言。之后，画面里就出现了紧握凶器的手，对着妻子的后脑勺打了下去……虽然只是一瞬间发生的事，就算把录像暂停，也看不太清楚，但也足以证明那不是我的手。

因为那似乎是又白又细的女人的手指。"

"声音呢，没有录下犯人的声音吗？"

"说话的只有妻子。犯人之所以从始至终一言不发，我觉得是因为她从一开始，就只有杀人这一个目的吧……"

"……"

"似乎又让你吃惊了呢。"

"与其说吃惊，不如说不知道你想表达什么——让我再问一遍，为什么您明明有这种能明确证明自己清白的证据，却不报警呢？不，我还有更想问的问题。您为什么委托我做辩护呢？如果这卷录像带里当真录下了真凶的手，只要去找警察，并拿出这卷录像带，您不仅不会被捕，也没必要雇佣律师，不是吗？"

"当然是真的，这卷录像带录下了行凶的瞬间。"

"那么为何……您直到刚才，还在害怕会因为无法证明自己的清白而被警察逮捕吧？还在担心一些鸡毛蒜皮的事会被警察当成杀害妻子的动机，对吧？明明有这么完美的证据，为何……"

她的脸因露出焦躁的表情而变得扭曲。男人则微笑着，从容地看了看手表："已经八点零七分了，迟到了呢。"说着，回头看向门口。

"比起这个，请先回答我刚才的问题。"

"嗯，不过你过分误解了，所以我很难回答。听好了，我并不是害怕被警察逮捕。相反，我是害怕自己完全没有杀妻的动机，因此无法顺利被警察逮捕。"

"……"

"浴室杂乱这种事会不会被警察当成动机呢——我指望这种小事能让自己被警察怀疑，才那样问你的。因为实际上，我完全没有杀妻的动机。"

"但是您妻子和恋人的关系应该已经构成充分的动机了。就算您说自己多么无所谓，警察都会认为，这种非一般的关系引起了您的杀意。"

"不，我并不打算向警察透露妻子与那女人的关系。正如我刚才所说，我不想因为公开这段关系而令她受审，而且就算警方调查，也不会查出那女人的存在。虽然妻子对我说了她和那女人的事,但对外瞒得密不透风。因此,在外人看来,我完全没有杀害妻子的动机。所有的熟人、朋友都可以证明妻子和我比世间任何夫妇相处得都要融洽……我想,这样的话,警察就很难逮捕我了吧。所以,我需要动机。"

火苗在录像带还未燃尽时便熄灭了,丝丝缕缕的异臭包围着二人。一段长长的沉默后,她说:"也就是说,您——"

她停住话头,企图用眼神传达出剩下的意思。男人读懂了她的眼神,缓缓点头。

"是的。我希望自己因杀妻的罪名被警察逮捕。"

这么说着,男人的视线不经意地停留在她的脸颊,喃喃道:"这样啊。"男人似乎想到了什么,眼底闪出一丝光芒,微笑着说:

"并不是'四'和'悲',而是'罪'和'心'哪。'罪'和'心'……'罪心'……不过,有这个词吗?法律用语里有这个词吗?"

男人露出怀疑的表情。

"'犯罪心理'。笔记本里写着的吧,因为这是我常用的词语。但是——"

她将后面要继续的话咽了回去。"但是说字印在我脸上，是谎话吧"——实际上她想这么问。肯定是谎话，怎么可能会有这种巧合？就在我趴在桌上小睡时，"罪"这个字就如烙印一般印在脸上……梦中听到的电话铃声，是那一晚我所犯下的罪行的回声。的确如此。因为犯罪心理……因为有罪的意识，所以我永远也无法忘记那个电话铃声吧。罪心……罪心……但是，这怎么会变成现实中的文字，浮现在我脸上呢……

那一晚，所有的一切，都是从那声只响了一声的电话铃声开始的。几天前，在法院走廊上与那个男人假装擦肩而过时，就约好了在这周的星期六相见。是我勉强他答应这个约定的，他只是兴致不高地应了而已。看着他移开目光点了点头，我不知怎么觉得自己很可悲，便笑着说："但是你也不用勉强哟。要是真的不想来，就在周六傍晚，往我的事务所打个只响一声的电话吧。我就把那当作你的分手信，允许自己哭一晚，将你……将十七年间全部的回忆都忘掉。"

我没有哭，那一声冷酷的电话铃声还在这个房间里顽固地回响，我开始了准备。想着应该戴上手套，但考虑到握住凶器时手可能打滑，就放弃了，只要不在门把手和凶器以外的地方沾上指纹就可以了。这样，在事情结束后，只要将这两处的指纹擦去就行了，很简单。在那个房间里，凶器要多少有多少吧。那个房间里有许多金属制品。水晶的烟灰缸、青铜的摆件——都是些展现材质本身的重量的，看上去比生命更重的饰物。我出了事务所，跑向那个房间。虽然实际上我是以沉稳的步伐来到车站、乘上电车的，但在心中，我是奔跑着去的。为了回到十七年前——为了清算这十七年间的一切。

刚才，对着眼前这个用不可思议的眼神注视着我的陌生的同窗所说的话，并非谎言。十七年前，我在那个廉价旅馆第一次与渡边相拥时，就已经觉得应该与他分手了。渡边也抱有同样的想法。事实上，他说"我们做完就分手吧"后，我微笑着点了头。虽说如此,我却从那时开始——原本应该有更好的生活方式的。这段仅凭着我的要强,和那个人的懦弱支撑的关系,在十七年间数次触礁,每当这种时候我都会想,只要回到北海道的乡下,就能作为一个普普通通的女人生活了吧。但是,那左不过是一场空梦罢了。渡边一广这个男人,现实中就在我的近旁。就算将那比作比永远更远的距离,他也就在我触手可及之处。而且,只要他活着,我就不得不留在东京,不断追寻着他。因为他成了律师,所以我也成了律师。他和我虽然就职于不同的事务所,但常常在拘留所和法院的走廊遇见,夜里更是频频见面。在幽僻的酒吧里,在他的进口汽车里,有时像是为了确认大学时代的那一夜是值得回味的记忆,而在旅馆的房间里……他经常在我面前谈起其他女人,在我面前得意地炫耀自己是个花花公子。因为觉得爱上他的那些女人都是笨蛋,所以我也一起笑了。那时我并没有意识到,自己也不过是那些女人中的一员罢了。直到一周前的那晚,只响了一声的电话挂断的那一瞬间——

对，一周前的那晚。那只是偶然吗？不，应该不是偶然。那个傍晚，在白天即将转变为黑夜的灰色时段，我所前往的公寓房间也是在七楼。三年前，从他搬到那间新的公寓开始，他就常常带我去那里——这一点也是偶然。我没有摁门铃，直接用备用钥匙打开了房门，他见到突然闯入的我吃了一惊，于是高声开骂。而且似乎连我的脸也不想看见，背对着我。于是，在那一瞬间，我抓住了桌上的大理石座钟，朝着他的后脑勺，朝着不过已经是一堆残渣的、十七年前的那个夜晚……

这个自称"矢田圭一"的奇妙的委托人，他所说的杀了他妻子的犯人，与我何其相似。甚至，连犯人是女性这一点都——

不同点只有三处。我没有潜入他的房间，更没有把镜子什么的打破。那种故意惹人不悦的卑劣手法，不是我的风格。当时，他的周围散乱着各式各样的衣服，他穿着像是从中挑选出的蓝色燕尾服之类的华丽套装,似乎正要出门。这一点也相同。但是,他并没有将电视屏幕当作镜子。那个电视屏幕里播放的是无聊的电视节目……千真万确。最大的不同,是第三点。

我杀的,是男人。不是这个奇妙的委托人的妻子——

"您的来客迟到了呢……"

男人看着手表自言自语,转身看向门口。她看着墙上的时钟。已经过了八点二十分……

"可能因为下雨不来了吧。"

那男人的声音,让她不禁想起了什么。为什么会对这男人的声音有印象呢?在昨天的电话里,我听过这个声音。为什么没有早点发觉呢……

"客人,已经来了。"

"在哪儿?"

"就在这里——昨天,随便用了些理由和我约好时间的,就是你吧?为了今晚能把我绑在这个事务所里,不是吗?因为你要来。"

男人又微笑了，沉默地看了她一会儿，摇摇头，说："不。"

"客人会来的，可能很快。"

的确会来的。来的会是警察。来逮捕犯人……要逮捕的不是这个男人，而是我。但是，她的脸色丝毫没变。她终于明白了。没有一件事是偶然，这个男人在这点上没有撒谎。一切都是必然。这个男人早就知道我杀了渡边一广，他是为审判我而来的……

"我想问一件事。"

她开口道，声音沉稳。现在的我，大概很像被拽到法庭上的被告人吧——她这么想着，像是想着与己无关的别人的事。这十多年来，见过数十名被告，他们放弃抵抗、承认罪行，将自己的人生托付给辩护人、法官等他人之手。如今的我，和那些被告何其相似……

"如果您刚才的话是真的，那么案发时，现场的电视屏幕应该会映出您夫人的房间和夫人的脸。那么，犯人就会担心有摄像机在录像，并因此带走录像带,不是吗?"

"不……我想,犯人当时处于非常焦虑的状态,并没能注意到电视屏幕。就算注意到了,大概也会以为是电视在播放节目吧。因为犯人应该没有好好看过那个房间。"

"……"

男人像魔术师一般,又从包里拿出另外一块手帕,将折叠起来的手帕打开,摆到她的眼前。就像表演了一出让什么东西消失的魔术一样,眼前除了手帕的白色,什么也没有。不……

"这是落在现场的一枚隐形眼镜。"

手帕上,有一处闪着光。

"这是犯人遗留的。大概是在挥动凶器的瞬间,有一枚隐形眼镜掉落了。那晚,我稍微平静下来后,发现妻子的右眼闪着奇怪的光,注意到妻子戴着隐形眼镜。这并不奇怪。因为妻子视力很差,不戴眼镜时经常撞到家具。但问题是,左眼里并没有隐形眼镜。"

"那么,这枚隐形眼镜,难道不是夫人的东

西吗?大概是夫人倒下时掉出来的吧,并不是犯人的。"

"我最初也是这么想的。但是,后来我注意到了奇怪的地方。"

"……"

"妻子是仰面倒下的。我刚刚说了吧,妻子凝视着虚空,神态恐怖。奇怪的就是这个。在这卷录像带里,妻子是前屈着身子倒下的。应该是脸朝下才对。"

"也可能是脸朝下倒地后,还有一口气,于是变成了仰面……"

"虽然这也有可能,但我觉得另一种可能性更大。那就是犯人也戴着隐形眼镜。但是杀人后,可能是在擦拭凶器上的指纹时,发现有一枚掉落了……她很慌张,在房间里展开了地毯式的搜寻……因为她在现场留下了足以勒住自己脖子的重要证据。那一刻,她想起来我妻子也戴隐形眼镜,于是采取了一种大胆的行动。她将尸体翻过来,脸朝上,发现尸体眼中的确戴着隐形眼镜。

于是，她将尸体双眼中的隐形眼镜都取出来，将自己还戴着的一枚放进尸体的右眼。这样，就算警察发现了掉落在现场的另一枚，也会以为那是从被害者的左眼掉出来的——你不觉得这手法很精妙吗？"

"但是，被害者和犯人的隐形眼镜度数应该不同吧？"

"的确不同吧。重要的就是这一点，犯人刹那间的判断，认为警察不至于调查到这么细的地步。如果严密地调查，就能从度数的差异上找出犯人——如字面意思，我妻子在死后，将杀死自己的犯人的脸烙印在了那只眼睛上。"

"戴同样度数隐形眼镜的女性，在这世上可能有五万人——这种东西根本不能当作证据吧。而且，你说的这些不过都是推测。还是说，那卷录像带里，连犯人的这些行为都录下来了？"

"不，刚才我也说了，只拍到了妻子的上半身。因为妻子个子很高，房间靠下方的位置发生了什么，摄像机并没有拍到。只知道好像有什么人在转来转去……不过，虽然摄像机没拍到，但尸体的眼睛却捕捉到了犯人。你说这不能算证据，但若犯人因为别的线索而被拉上被告席，而这枚隐形眼镜的度数和犯人的一样的话，就会成为关键性证据。而且，还有一点……"

"……"

"犯人现在没有戴隐形眼镜。但是，从现场带走的我妻子的隐形眼镜，应该还没有被丢弃。"

"为什么会这样想……"

"因为度数不同，所以犯人戴不了我妻子的隐形眼镜，而如果马上就买新的，她怕将来也许会成为证据。另外，因为度数不同有被警方抓到把柄的风险，尽管犯人当时情急之下想到替换隐形眼镜后逃跑，但是只要有机会的话她一定会再次去现场，将自己遗失的隐形眼镜找出来，把尸体的眼睛恢复原状。考虑到这种可能性，这一个星期我一直在等待犯人回来。但是，在这一点上我好像想错了。如果可能的话，我还真想以那样的方式和犯人见面……"

男人说到这儿,好像戏终于演完了似的喘了口气。然后,他继续用漫不经心的声音说:

"而不是这样,由我主动前来拜访。"

男人的眼睛,只是静静地注视着她的脸。那双眼睛中所映出的我的脸,大概也很平静吧——她又像是在想与己无关的别人的事。

尘埃落定——

就像在警察审讯室中开始自白的那一瞬间的嫌疑人一样,我的脸甚至可以说是安详的吧。

"最重要的一点,我忘了确认。"

自己的声音一点也没有慌乱,她为此感到安心。

"您一直称呼为'妻子'的人,并非女性吧。"

男人缓缓地点头。

"刚才没打,现在要不要往我妻子的公寓打个电话试试?听了电话留言的声音,应该就知道是谁了——还是说,那声音你已听够了,你不想打?"

她微微一笑。"这里是渡边,请留言。"这听惯了的声音,听厌了的声音——十七年来,就算和那个男人见面,也总是像对着电话留言说话。

就算是相拥的瞬间——

"当您说'我的妻子有着不同一般的性癖'时，我隐隐约约察觉到了。您口中的'妻子'，或许跟我爱了十七年的男人一样——只不过我中了您的陷阱，将'不同一般的性癖'，误解为夫人有女性恋人……我一直被您的谎言所欺骗呢。"

"不，我并没有撒谎。那家伙从十八年前起，就是我的'妻子'了。和你之间，是出轨……"

她摇摇头。

"说谎的人是他呀。我对他的取向，一点也不知情。因为那个人始终只谈论女人。"

也许是为了掩盖这个男人的存在……

"我终于明白了那个人为什么对我如此冷淡。过了十七年，终于明白了。我简直像个傻瓜。居然直到刚才才知道——我杀渡边的动机，原来是你。"

她发出干哑的笑声，问道："你刚刚说，和他交往了十八年吧。比我还早吗？"

"是的，刚才我说过了吧，直到三年前分居，我和他一起度过了漫长的同居生活，和杀人一样，爱也有时效呢。已经十八年了呀,比你早了一年……所以说他和你才是出轨。那一天,看到你和那家伙走进池袋的旅馆,也不是偶然,是我在监视有外遇的妻子——只有在这件事上,我撒了谎。除此之外,没有半句谎言。"

"不,您今晚也撒了谎。说什么希望自己被逮捕……您知道我是犯人,所以今晚是来制裁我的吧?"

"不是的。正相反,我是来拯救你的。"

投向她的眼神突然变得认真。真挚、热切的眼神,令人不自觉地想要相信他。但是,她一点也不相信,只是摇摇头。

"快停止这场闹剧吧。"

"不是什么闹剧。这一切,都是为了救你而做的重要的彩排——听好了,我今晚真的会被逮捕。很快。在来这里之前我报了警,说公寓里有尸体。现在,警察应该已经进入公寓了。那间公寓在我的名下,警察大概首先会找到我。我在公寓里留下了手账,上面写着'八点半,藤野有纪子法律事务所'。所以没时间了。我在彩排里投入了过多的热情。是的,这一切都是彩排。我想了整整一个星期,怎样才能不让你成为被告……刚才,我说过'不想让她被审判'吧。那指的不是妻子,因为我的妻子根本不是女性。我说的'她',是我妻子的恋人——你。我没有撒谎,我真的想救你。"

"怎样做……"

"我一旦成了犯人,就会让你来辩护。谁都不会想到,身为辩护人的你才是真凶吧——甚至,这场审判会成为你作为律师扬名立万的绝好机会。这卷录像带,请马上藏起来。直到公开审判迎来最后一刻——审判会将处于绝对不利地位的被告逼至有罪的悬崖,就在此时,你拿出这卷录像带,反转一切。你说这卷录像带是最好的证据,实际上,它比你以为的还要好。它不仅能证明我的清白,也没有留下任何证明你是犯人的线索。警察将永远去追查一个只知道手长什么样的女人,而且他们还会背上逮捕无辜者的大黑锅。

很简单吧？请想想你十七年前的梦想吧，现在眼前就有实现的机会。你以前梦想中的，应该不是现在这样穷酸的事务所吧。现在只要你伸出手，就能抓住。如果不伸手，你就会不容分说地被'成为杀人犯'的现实之手抓住。做被告人还是做辩护人，这是连小孩子也会做的选择，对吧？"

"您要为了我的梦想而牺牲吗？"

男人热切的语气，让她的声音稍微有些慌乱。

"只是暂时的。而且，你的梦想与我的梦想，是一样的。我曾经憧憬你，也梦见过你的幸福——我所说的，并非谎言。"

"但是，你爱他，对吧？我应该是个绊脚石。"

"是的，这是事实。但是，也存在别的事实。对那家伙的爱，除了现实以外一片空白，这让我和你一样痛苦。对了，我说了一个谎，我得告诉你。打破镜子的人是我。那家伙总是……十八年来，他除了镜中的自己，谁也不爱。所以，我打破了镜子，并怪罪于你——打破镜子，也等于杀了他。我和你是一样的。发现那家伙的尸体时，知道你是凶手时，现实终于消失了，我剩下的，只有梦想了。你的梦想，以及我的梦想——也就是渴望实现你的梦想。你应该也后悔十七年来爱着那家伙，领悟到自己应该把别的事当作梦想吧？我也一样。现在，只要我们联手，就能抓住梦想了。"

"说谎！你在说谎——"

"你直到现在还不相信我吗？我都把这枚对你不利的隐形眼镜带来还你了，还有这卷录像带。"

说谎。不论是隐形眼镜还是录像带，都能简单地复制。这些都只是复制品。这个男人只是打算骗我安心，然后把我出卖给警察。这个男人今晚一直在骗我——就像十七年来，他和那个男人一伙，一直欺骗我那样。

就算这个男人的话都是真的，就算我和这个男人成为辩护人与被告人的关系，站在法庭之上，这个男人的沉默也将一直审判我。直到我无法忍耐这份沉默，不得不选择自首——

说谎！——她想再一次这样呼喊，却被突然

的敲门声打断。

　　陷入突如其来的寂静,四周被雨声包围。不知从何时起,雨越下越大了。男人仿佛戴上了无表情的面具,沉稳地伸手将录像带藏到书架的角落里,把隐形眼镜连着手帕一起塞到她的手中,低声道:"帷幕揭开了。已经无处可逃了哟。"那只手绕过她的肩膀,想要将冻结在沙发上的她带着站起来。就像庇护着被告人的、辩护人的手……

紫车

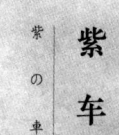

紫の车

周五晚上。直之想看看天气预报，从床上抬起身，正要打开电视时，小声地"啊"了一声。

本以为睡着了的妻子，突然将手伸向了他的手。那晚妻子优子说"累了"，罕见地先走进卧室。当直之伸手去拿妻子枕头附近的遥控器时，妻子的胸口像波浪般微微地上下起伏，看上去已经睡熟了。

短暂的踌躇过后，直之苦笑着说："你不是说累了吗？"然后紧紧地握住妻子的手，另一只手想把蓝色毛毯从妻子身上掀开。从新婚时起，只要妻子先走进卧室,就意味着妻子对直之有欲求——这是两人默认的约定。

"哎,不是的。"

妻子微微苦笑道。

"不知怎么,从昨天开始就特别担心爸爸的身体,所以想看看手相。"

优子仰面躺着,拉过直之的左手。"爸爸"指的是直之的父亲,两个月前,在东京的樱花满开之时病倒住院了。

"通过我的手相能知道老爸的身体状况吗?"

"嗯,看生命线旁边的这条线。"

从拇指和食指之间,延伸出去一条如裂痕般纤细的线,优子小指的指甲在上面游走:"从这条线上,能知道在你多少岁的时候,对你来说重要的人会去世。你今年四十五岁了吧,线就在这附近断了,所以爸爸最近可能有点危险。"

优子的脸色有些阴郁。

"不会吧,老爸应该还不要紧吧。而且,老爸对我来说,感觉也不是特别重要。"

直之想，这肯定又是妻子从电视节目里学来的无聊知识。但为了配合妻子，他还是让自己的语气显得认真起来。

"那，谁才是你重要的人呢？"

妻子从直之的中指和食指之间露出眼睛。直之对那只眼睛回以微笑。

"你明明知道吧……所以我得格外小心你。去年不是还因为癌症的事紧张过一阵子吗？"

无言地微笑后，直之说道。

"不是吧，是我吗？"妻子摇动着丈夫的手，仿佛在摇头否认，"癌症的事，不是医院误诊了吗？我是不会有事的哟，毕竟我不是你重要的人。"

妻子用轻快的语气说道。两人婚后，她很快就经历了流产，后来一直没办法要孩子，直到现在，身上还残留着稚气的感觉。可是突然间他意识到，不知从何时起，妻子已成长为一个不好应付的中年女人。

这一点，从此刻抓着丈夫的手的手指上就能体现。也许是弹钢琴的缘故，她的手指刚硬粗健，与纤瘦的身形不太般配，反而显得丈夫的手柔软细弱。

"比起我，更可能是你公司里的人吧。明天公司旅行去伊豆，注意点哟。伊豆这地方有山有海，危险的地方还挺多的。"

"没事的。公司里怎么可能有对我来说重要的人呢？"直之终于将手从妻子手中解放出来，一边开电视一边说。

"也是，占卜什么的果然不可信……我睡了，果然还是感觉累了。"优子背过身去。

妻子之所以说这么唐突的话，是不是因为看破了"明天公司旅行去打高尔夫"是谎言呢？

手腕上还残留着淡淡的妻子的指痕，直之有点担心。但很快听到妻子睡着后安稳的呼吸声，便打消了这份不安。

要和自己一起去伊豆的，是三年前在高中同学会上重逢的叫作仓泽弓枝的女人。其实这件事就算暴露了，直之也没那么害怕。刚和弓枝有染的时候，妻子的一丁点别有深意的话都会让直之的心脏乱跳,但事到如今,他觉得将错就错,暴露就暴露吧。

不管愿不愿意,三年间一直逃避的问题,已经到了要有个了结的时候了。

大概是因为有了这种想法,直之回应着妻子的呼吸,轻声说:"什么嘛,自己说的话又说不可信。"

结果,因为在意伊豆的天气,直之盯着电视里的天气预报,把妻子的话抛在了脑后……直到第二天晚上,直之在河津的温泉旅馆的房间里将手伸向弓枝的身体时,警察打来电话,通知他发生了一桩肇事逃逸案件。

事后回想,妻子那一晚的话就是案件的预兆。第二天一早,直之出门时,忽然回头望了望十五年来自己所居住的家,或许也是一种预兆。

也没什么理由,真的只是走在坡道上时突然停下脚步,回头望了望。一到六月就进入了梅雨季,天气持续阴沉,但那天早上,恍若初夏的阳光如细雨般落在尾山台……但是,阳光只是让多年不曾被远眺的家看上去更加老旧。虽然不明显，但屋顶瓦片有些乱，奶油色的外墙变得暗沉，连着玄关的石头阶梯有一部分破损了，旁边小车库的卷闸门开始到处生锈。

虽说离市中心有些远，但到底是世田谷区的高档住宅区。在大型电器制造公司的子公司上班的丈夫，和在车站前大楼里的音乐教室教钢琴的妻子，再加上没有孩子，生活水平远在平均线之上。但不知从何时起，光鲜的背后，平日里不曾在意的部分已经出现了伤痕、陈旧和污垢。这个家，被左右两边的住宅楼夹着，建在坡道之上，如今看上去像是要崩坏似的，充满不安定感。这一点，与开始晋升、身材发胖，却反而感到自己越来越渺小的如今的直之，如出一辙。

特别是车库卷闸门上的锈，和他最近在脸上、身体上发现的小斑点一模一样。

但是，那只是几秒的犹疑。三年前，那段在位于代代木的公司和家之间两点一线式的人生，就已经宣告终结。直之很快朝着尾山台的车站重新迈开脚步,就像忘了前一晚妻子的预言那样,把从卷闸门的锈迹上感到的不安,也抛诸脑后了。

不,要说周六那天直之忘了妻子前一晚的话,并不准确。

在横滨站与住在东神奈川的弓枝会合时,乘着舞子号前往下田时,开着租来的汽车前往石廊崎时,直之都曾想起那番话。

在前往伊豆半岛最南段的灯塔时,弓枝在岩壁旁的小路上一脚踏空,差点掉进海里。虽然只是脚后跟有点擦伤,但要不是直之立刻将她抱住,恐怕就不止这点伤了。

驾车前往河津的温泉旅馆的途中,直之又想起前一晚从妻子那儿听来的有关手相的话,并说给了弓枝。

"我有点担心呢,说不定占卜真的灵验。"

我最在意的人是你呀——直之的话饱含着这样的意味,想讨她欢心。但副驾驶座上的弓枝却变了脸色。

"夫人她，发觉了吧。"

她喃喃自语道，又似乎对口中说出的话感到害怕，双手掩住嘴唇。

"她是在试探你呀，看你做何反应……夫人一定是发觉了。"

这么说着，弓枝的侧脸陷入沉默。不管直之说多少次"不用担心这个"也没用。

之前一直泛着蓝光的海面上，阴云扩散，好像是配合着弓枝表情的变化，风景也变得令人不愉快了。才下午四点，前方的天空却被雨云涂上了深灰色，两人仿佛正在朝着夜晚前行。对于从事医疗事务工作并过着单身生活的弓枝来说，和直之的关系最初令她感到极其不安定，过了三年，更是似乎一点言行都会渗出疲惫感……因此，就算下定决心来伊豆旅行，看到车窗外经过的海景时露出的笑容，也没能持续很久。

雨云的颜色似乎暗示着这段不道德的关系的结局，直之后悔说了关于妻子的占卜的话。但到了河津的旅馆后，看到房间的布置流露出超乎想象的风情，弓枝的心情又变好了。她没有拒绝跟直之一起去家庭温泉泡澡，饭后说着"还是去洗一下头发"并站起身时，却被直之阻止。她沉默地接受了直之伸过来的手，自己主动倒在榻榻米上。隐藏在浴衣里的肌肤比平时更加柔软，直之四十五岁的身体里，仿佛有一股属于高中时代的年轻而坦率的欲望被唤起。

撩起衣服下摆的手顺势抚上大腿时，突然响起的铃声吓到了重叠在一起的两人。

自从与弓枝有染，直之似乎变得年轻了，总是将手机铃声设置成最新的摇滚乐。

直之咂了下舌，伸出左手去拿放在旁边桌子上的手机。右手还缠着女人的脚趾，甚至来不及去确认来电号码。

"喂，请问是井川直之先生吗？"

一个陌生的声音如此询问后，自报家门："我是世田谷南警察署交通搜查课的。"

"您夫人是叫井川优子吧？"

"嗯。"

"那个，夫人是不是驾驶着一辆黑色的丰田锐志车出门了？"

"我现在在外地，不知道妻子在干什么。但是我家的车的确是黑色的丰田锐志，妻子经常开……那个，怎么了吗？"

"夫人似乎是在出了环八大道前面的路上遭遇了事故。好像是在路上停车并下了车，被轧到了……"

"人怎么样了？"——直之想问，声音却无法到达嘴边，对方又继续说了什么。

男警察进行着说明，直之不时回应，最后，说了句"知道了，我会尽快回东京"，挂断了电话。

"怎么了？"

弓枝支起上半身，担忧地问道。

"我老婆死了。遭遇了事故，似乎是当场死亡……好像是肇事逃逸。"直之说着，后脑勺传来一阵被捶打般的钝痛，不知如何是好，只能呆坐着。不知为何，他的手自作主张地动了起来，想要再次拥抱弓枝。麻木的脑海的角落里，似乎有一个声音在小声说:"必须把刚才的事继续下去……"

弓枝冷淡地甩开他的手,然后用疏离的眼神看了一会儿男人的脸,最后在异常的寂静中站起身,说:"请马上回去。我不回去,不过我没喝多少酒,开车送你去河津站吧。"

两个小时后,直之坐在从热海站换乘的东海道本线的车厢里,注意到左手无名指上的结婚戒指不见了。

是在把车票递给查票的乘务员时注意到的,却不知道是什么时候弄丢的。前一晚妻子看手相时应该还在。那是个两三毫米宽的银质戒指,平平无奇,平时几乎不怎么会注意到,所以实在想不出是何时不见的。

会不会是两个小时前,在旅馆里向弓枝伸出手时摘下来了呢?

弓枝不喜欢金属的触感,所以两人做爱前一定会让他摘下婚戒。不过两个小时前,自己被突然的欲望驱使着伸出手时，应该没有摘戒指的时间……他怔怔地想着，又怀疑自己出于习惯，在无意识间摘下了戒指，放在了桌角。

直之想给在旅馆的弓枝打电话问问，但又觉得眼下这件事不值一提，就忽略过去了。比起这个，直之觉得自己应该稍微想想男警察在电话里说的话，在到达东京之前，必须知道妻子优子到底发生了什么——虽然努力这么想，但他仿佛被按进黑暗的浊流中，脑海里只残留些只言片语。

即便如此，直之记忆的角落里，还残留着男警察的一句问话："夫人爱抽烟吗？"

他记得自己似乎不能理解"爱抽烟"这几个字，回问道："嗯？"

"她是不是经常抽烟？"

电话那头的声音重新问道，并解释说死去的优子手中捏着一盒新的香烟。

他还说，优子把车停在道路左边，去马路对面的自动贩卖机买烟，就在回到车上之前的一刻，一辆车绕过优子的车出现在前方，撞倒了优子。

不，电话那头的人到底有没有说得那么详细……离开伊豆的旅馆四个小时后，夜已很深，直之抵达了存放优子遗体的综合医院。给他打电话的警察自称高松，五十多岁，再次向他进行了详细的说明。

案发现场在离家五分钟车程的地方，是一条仅能容两辆车相向驶过的狭窄道路。再往前一点就是环八大道，路边是有名的高档超市的连锁店，优子周末经常开车来这里采购一星期的食材。恐怕那天傍晚优子也是想去那家超市的吧。然后，在马上就到环八大道的地方看到了自动贩卖机，想去买烟，所以停下了车。

案发后，在优子驾驶的丰田锐志的副驾驶座上，发现了被捏扁的空烟盒。

在医生劝优子最好放弃生育的念头之后，优子并没有马上放弃生孩子的梦想。但过了四十岁，她终于放弃了，并且从那时起突然开始吸烟。特别是在车内等封闭空间里，如果没有烟，她就会像中了毒似的烦躁不安。之前有一次，直之开车带她去横滨，她曾让直之在几乎与这次案发现场一模一样的地方停车去买烟。在回来的途中，直之差点被别的车撞到……和那时一样，后面的车想要超过优子停下的车，把她撞倒了。

优子好像被撞飞，摔到了自动贩卖机旁边。肇事司机急踩刹车停下来，为查看受害者的样子，曾下了车……

优子的后脑勺狠狠地磕在地面上，身体多处负伤，几乎是当场死亡。肇事者知道她死了之后，就将尸体推向一米宽的步道，从自动贩卖机旁边的宽阔空地上取来塑料布盖在尸体上，然后逃跑了。空地里边是个施工现场，成堆的铁管被蓝色的塑料布覆盖着。

其实就车祸本身而言，作为受害者的优子也有责任，如果出事后肇事者马上联络警察，事情就只是单纯的交通事故，但因为肇事者逃跑了，就变成了案件。而且肇事者似乎为了争取逃跑时间，曾移动尸体试图延迟被发现的时间，事情就成了致人死亡后逃逸的恶性案件。但是，这个犯人的权宜之计的确起作用了。本来这条路上行人就少，七点之后，骑着自行车路过的大学生从塑料布间隐约看见了光着的人脚，才报了警。在那之前，优子的尸体在现场放置了三十分钟以上。

警察断定案发时间是六点三十五分左右。守灵当晚，警察询问了隔壁的主妇，她说电视里开始播放六点半的新闻时，听到了优子开车从车库出来的声音。从家到现场，以一般的速度，开车最多也就五六分钟。

"夫人出门时，穿的不是在现场被发现时穿着的衬衫，而是还穿着夹克或者大衣什么的吧？一般来说，以那样的冲击力被撞倒，车的痕迹多少会附着在衣服上，但在夫人的衬衫和裙子上一点也没发现类似的痕迹……只能推测是犯人将她的外衣脱下带走了。也就是说，犯人并不像一般的肇事逃逸者那样慌乱，而是冷静地做了事后处理，一定是个相当大胆又残忍的男人。"

除了赶来的刑警做此报告外，优子的守灵夜

和告别式与普通的逝者并无两样，庄严而安静。案发第二天的早上，电视新闻做了连篇报道，也并没有营造案件特有的阴沉的紧张感。优子穿着白色寿衣，躺在祭坛上的棺木里，身上的多处伤痕看不见了，脸上也一点擦伤都没有，沉稳安详，令人忘却了这场死亡的悲剧性。

突然接到讣告的亲戚朋友都还处在茫然之中，尤其是直之，甚至不能充分地感受到悲伤和愤怒，整个过程中脸上就如同戴了面具般毫无表情。

即便如此，日子还是会继续。周三，告别式结束，直之带着骨灰从殡仪馆回到家，做完头七的祭奠后，优子娘家的人回了小田原，家中只剩下直之一人。他的胸口突然一阵澎湃。

虽然发着愣，但直之面无表情的背后一直在担心：优子出事当天，自己和外遇对象在伊豆的事，有没有被别人知道？

妻子死的时候自己在伊豆出轨——或许是直之的内疚，把愤怒和悲伤逼到情感的角落里了。而且，在东海道本线的列车上刻意让自己不去想的那枚丢失的结婚戒指,从在医院面对妻子的遗体那刻起,就又开始令直之烦恼了。

缺了戒指的手指使他感到异样,等到发觉的时候,右手竟在无意识地摩挲那根手指……虽然周围的人都简单地相信了"去伊豆参加同学会"的谎言,但直之很怕丢失了戒指的手指会暴露真相。

直之因此感到的不安和疼痛,就像是把整根手指都忘在了那家旅馆。

将遗体搬到临时安放处后,直之瞅准了和遗体独处的机会,下定决心,要把遗体手上的结婚戒指摘下来,戴到自己手上。和弹钢琴的妻子相比,直之的手指更加纤细,戴上不成问题。妻子遗体的双手交叠放在胸口上,右手盖在左手上面,应该没必要担心有人注意到戒指消失的事。退一万步讲,就算有人注意到了,只要辩解说,殡仪馆的员工建议在火化前将金属类的东西从遗体上拿下来,免得烧后残留,就能蒙混过关。

从妻子死后僵硬的手指上摘下戒指,没有想象中那么难,妻子的戒指很简单地就被戴在了直之的手指上。但是，当直之想要按原位将妻子的左手放到右手下面时，突然停住了动作。

周五的夜晚，在床上，妻子的手和自己的手也像现在这样拉在一起……他不可思议地想，那时到现在只不过二十几个小时，实在无法切实感受到死亡。一瞬间，泪水涌上眼眶。

下一刻，一滴小小的泪珠落到妻子左手的无名指上，滑到戒指留下的浅浅的痕迹上。

直之仍无法感到真实的悲伤，就像打哈欠时不由自主地流下一滴眼泪那样。片刻过后，泪水干涸的眼里，映出妻子安详的面容，仿佛在微笑一般。直之心想，这个女人迄今为止，总是从丈夫身上夺走自己想要的东西，即便现在死了，也没有停止这种掠夺。丈夫对她的死毫无悼念之情，而她却从丈夫那副干涸的躯体里，强行夺来一滴眼泪，紧紧握在自己的手中，往生去了……

话说回来，妻子那晚的占卜，以多么讽刺的形式应验了呀。

直之从妻子手中抽出自己的手，看着生命线

旁边的细线。这条细到几乎看不见的线，鲜明地预言了妻子的死。而且，偶然之间，这话成了妻子的遗言。

不，真的只是偶然吗？

弓枝曾说，夫人是注意到丈夫有了外遇，才说出那些有关占卜的话的。

弓枝是凭借身为女人的直觉，还是有什么根据？

虽然害怕自己与弓枝的关系为人所知，但直之还是希望尽快与她见面，以确认两人还没有分手。

弓枝开车将他送到河津站，在车里一句话也没说。临别之际，直之说"等我稍微平静些了就给你打电话"，她也没有回应，关上车门后马上踩油门，消失在伊豆夜晚那无尽的、深深的黑暗中。

去年，妻子被怀疑得了癌症时，弓枝曾说"如果再次检查，发现夫人真的患癌了的话，我们就不要见面了吧"。直之虽然担心两人的关系被旁人知道，但如果这次因为妻子的死，两人的关系自动宣告终结的话，对他来说也是巨大的不安。

　　葬礼结束后，来宾们散去，直之感到能喘口气的原因之一，就是想着终于能和弓枝联络了。

　　等留到最后的优子妹妹和妹夫一回去，直之马上就给弓枝打了电话。但是，不管打两遍、三遍，电话都无法接通。忙音空荡荡地回响着，提醒直之，突然失去了妻子的家，不过是煞风景的空屋而已。

　　自那之后又过了一周，弓枝的电话还是没能打通。不管打几通、几十通，电话那头始终只有忙音。毫无疑问，那忙音正是弓枝的道别。不仅打了她的手机，直之还往她位于东神奈川的公寓打了电话，但结果都一样。

　　周三。

　　直之趁公司休息时间，在附近的公园试着给弓枝打最后一个电话。忙音响了几十下后，他挂断电话，决定今晚下班后直接去东神奈川的公寓按她的门铃。

直之叹了口气，将手机放回衬衣胸口的口袋里时，来电铃声响了起来……是弓枝打来的吗？直之的心脏怦怦直跳，但屏幕显示的来电号码却是第一次见。

也许，是那个叫高松的搜查员用自己手机打过来的。直之么想着，接了电话。前些天，高松从警署打来电话，说："肇事逃逸者的车上一定留下了痕迹，所以我们以首都圈全域内的工厂和修理店为对象，搜查从事故……不，从案件发生当晚到现在的这段时间里前来修理的车，看有没有线索。我们增派了搜查员，正在努力搜查，应该能查出点眉目。如果有线索了，我会电话通知你。"

但是，从手机里听到的，并不是已经听惯了的高松那低沉的声音。

"是井川先生吗？"

"……是我。"

直之回答道，对方却没再说话。沉默持续了数秒。

电话并没有被挂断。证据是，虽然很微弱，

但直之能听见电话那头的呼吸声。那呼吸声沉入他耳朵的深处。

"你是谁……谁？"

直之问了许多次，那边终于回答道："我是铃木。"

"铃木先生，哪位铃木先生？"

对方再度沉默。但是，这次的沉默时间很短，电话那头马上传来类似咂舌和苦笑的声音。

"你之前说等所有事都告一段落再联系你，应该不是打算装不知道吧……还是说，现在你旁边有人，不方便说？那就去没人的地方再打给我吧。"

因为厚重的乌云，公司附近的公园和往常不同，没什么人，所以没这个必要。但是，男人的口气听上去很像黑帮，让直之困惑，所以他没有马上回话。

"不好意思。我一时没想起来，您是哪位铃木先生呢？"

虽然对方的声音听起来很年轻，但也许是公司的重要客户，直之姑且把语气放得很尊敬。

对方从鼻子里发出笑声。

"你自然想不起来，但是……什么呀，你忘了吗？之前不是说好，我联络你时，就用'铃木'这个假名吗？"

"……"

"喂，你怎么了？不会是因为事情这么顺利，所以想违反约定从我这儿开溜吧？哎，开溜也无所谓，能不能把之前说好的钱给我汇过来？"

"说好的钱？"

"尾款还有七十五万日元。"对方再次从鼻子里发出笑声，"要是忘了，不管多少次我都会提醒你的。你花一百五十万日元雇我做这事……事先支付了一半，电话里说好要是顺利完成，就再汇给我剩下的七十五万。我没留下任何证据或痕迹，警察应该会认为那只是一场交通事故。你从警察那儿听说了吗？他们掌握不到肇事车的痕迹和消息，搜查陷入了死胡同……这都亏了我的细心和注意呀。你就别小气了，快点把尾款汇过来行不行？"

直之摇了摇头。直到对方挂断电话，将近一

分钟的时间里,直之朝着看不见脸的对方,不知摇了多少次头。

"你在说什么?我完全不懂。不,话说回来,你这通电话要打给谁?"

"你是井川直之先生吧?在代代木的松泽电机上班的……大概是上上周的周四吧,因为交通事故失去了相伴十五年的夫人。"

"……"

"当然,那起'事故'是你委托我做的……那不是事故,而是伪装成事故的杀妻案,这事只有你我知道。"

"别胡扯了!"

难道这是新型诈骗?……直之还想说什么,却被听上去年轻而傲慢的声音打断。

"你以为像这样装作不知道,就能从我这儿逃掉吗?虽然这起肇事逃逸案上没有任何证据,但我有你委托我做这事的证据。"

"我……那个,你想说,是我委托你杀了我妻子?……我妻子死于交通事故,我也是第一次听你的声音，你说有什么证据？"

直之一不小心声音大了些，马上担心地想"这么大声不要紧吧"。

"咱们像这样联络过许多次吧。那些记录都留在我手机上。"

"这是恶作剧吗？这……是恶作剧的话，也太过分了！"

对方打断他的话，说："我还有别的证据，想赖账，不可能。要是觉得为难，就像付最初的七十五万那样爽快地付钱吧。那样的话我就把你的事都忘了。"

"……"

"那我就把你的沉默当作'同意'了。那么，请多关照……当然，和上次一样，把钱汇到同样的银行账户就行了。"

对方像唱歌一般轻佻的语气，简直在把自己当傻瓜。正恼羞成怒时，对方却先挂断了电话。

怒火没能爆发出来，胸口只留下微微的厌恶感和奇妙的脱力感，直之坐在公园的长椅上，好一会儿都站不起来。

结果，那天一整天，他都因那通电话烦闷不已。

走出公司，在涩谷乘上电车，前往弓枝在东神奈川的公寓时，直之也一直在想这件事……从提出金钱方面的要求这点看来，可能是某种新型诈骗。轻佻得像在说笑的语气，反而有种奇妙的真实感，也令人感觉像是诈骗之类的肮脏犯罪。但是，应该不是电信诈骗……只要当事人没有印象，不管是多么巧舌如簧的骗子，也骗不到人。

不过……现在是身边就有杀人犯也不奇怪的年代，听说把杀人案件伪装成事故或病死的例子也不少。如果手边有事故死者和病死者家属的名单，顺次打电话过去，加以同样的威胁，或许能碰上一个人真的是杀人犯，对方因为心虚就会付钱。不……

要是这样，根本不用像今天那男人那样编些兜圈子的话，开门见山地威胁说"我看见你杀人了"岂不是更好……果然，应该只是一场恶作剧。虽然过分，但只要没说具体的汇款账户，应该就不是以金钱为目的的吧。

晚高峰拥挤的人群推着直之，几乎扭曲的身体悬挂在电车拉环上摇晃着。车窗上模糊地映出自己严肃的脸，他摇了摇头。比起电话的事，现在必须要想的是弓枝才对。

弓枝至今一直过着独身生活，原因之一是她二十多岁的时候，在即将举行婚礼之时被未婚夫背叛，为此受了很重的情伤。在同学会上重逢时，她被老同学直之的温柔吸引。虽然与直之发展成了情人关系，但毕竟自己是不道德的一方，她一直很在意直之的妻子优子。

因此，这次优子的死，让弓枝心里产生了很大的动摇，直之也能理解她一口气下定决心要分手……但是，现在的直之反而比之前任何时候都更需要弓枝。自从葬礼结束，想到孤身一人的家只是毫无意义的空屋子，他感到身体缺失了一半似的寂寞。伴着这种缺失感，他渐渐对妻子的死产生了实在的体会。妻子生前，直之对她的各种优点视若无睹，如今却一一浮上眼前，一看到佛坛上遗照里的幸福微笑，就会无比怀念妻子一点一滴的言行举止……但是，直之还没到能只凭回忆活下去的年纪。他想要填补因失去妻子而产生的寂寞，能指望的只有弓枝。关于这一点，他想见到弓枝后直接告诉她。

但是，到了东神奈川站附近的略显古旧的公寓四楼，站在门前按响门铃，回应他的只有沉默。从外面看，阳台那边的窗户没有灯光，可能弓枝真的不在家。直之在门前和一楼玄关附近徘徊了三十分钟，但总被居民用怀疑的目光打量……等周末再开车来吧。他坐电车回了家，发现起居室的桌上放着一个早上并不存在的包裹。

一个箱子被用高级品牌的包装纸包裹着，旁边有一张留言条："不好意思，您不在家就擅自进来。我找到了前些天警察提到的姐姐外套的同款，放在这里。请交给高松刑警，作为搜查的参考。"

自己不在家时，优子的妹妹智美从小田原过来了。葬礼当天，从殡仪馆回来后，她帮直之查看优子的衣柜里是否有衣服消失。结果发现，优子初春时买的、最近常穿的一件纯白色的夏季外套不见了……看来刑警想得没错，事发当天，优子是披着那件面料轻薄的外套出的门。那件外套上留下了肇事车辆的痕迹，所以犯人逃跑的时候，将它从优子身上脱下来带走了。

"谢谢，明天我就去交给警察。"

直之给智美打去电话表达感谢。

"姐姐一直对我很是关照，我想为寻找犯人出点力……对了，要是用完了，请还给我。我在东京找了整整两天才找到同款的。我想把它当作姐姐的遗物，以后穿。"她笑着说。

笑声就像叹息。智美想通过帮助寻找犯人，来填补失去要好的姐姐的孤独，转移对肇事逃逸者的憎恨。然而，比起犯人的行踪，直之只顾着关心弓枝的行踪了。虽然觉得这样的自己很可耻……从那之后的一个星期里，不管愿不愿意，直之都必须比小姨子更加把肇事逃逸者的事放在心上。

第二天早上,直之在前往公司的途中经过警察署,把外套交了过去,当天无事发生。但是,次日周五,午休时,他再次接到了来自"铃木"的电话。

直之打算无视,来电铃声却在响了开头的几声后自动挂断了……铃声的余音一直粘在耳朵上,反而让他对那通电话特别在意,三分钟后自己回拨了过去。

一瞬间,男人的声音跳进耳朵里:"你还没汇钱呢。我想听听你有什么借口。"

停顿数秒后,直之用因愤怒而颤抖的声音说:"因为我从来没做任何可以被威胁的事……这些暂且不论,我也不知道你到底是不是杀了我妻子的人。"

没想到,对方直接回答:"这倒也是。"

"的确,也难怪你会怀疑我到底是不是那个被警察追捕的肇事逃逸犯……明白了,我会证明的。"

男人语速极快地说完,再次主动挂断了电话。

然后到了周六。

因为有必须在下周之前整理完毕的材料，直之去了公司，加完班已经过了晚上十一点。回到家后，他发现玄关被塞了一个B4尺寸的牛皮纸信封。

正面是文字处理机打印的直之的名字和住址，但背面没有寄信人。是谁用快递寄来的吗……信封摸起来感觉奇妙地柔软，微微令人不快。打开信封，透明的塑料袋中，装着白色的碎布片一样的东西……拿出来一看，原来是衣服的袖子。

直之皱起眉头。无论是袖扣上那五边形、有金色包边的黑色纽扣，还是轻薄凉爽的面料质地，都似曾相识……是案发当天，优子穿着的白色外套的一部分。这单边的袖子，是从外套的肩部，被大剪子或别的什么东西胡乱剪下来的。

起初，直之还以为是前天交给高松刑警的外套，不知为什么只有袖子被还回来了，但他很快意识到并非如此。从信封里拿出来的袖子不是新品，而是稍微有些黄渍，有两处以上泥土摩擦上的脏污，和一些小小的黑色污点。

他很快就明白了那些污点是什么。他像被冻住一样僵在玄关门口，因睡眠不足而充血变红的眼睛，一直盯着那些污点。

那个自称"铃木"的男人，就是撞死优子的犯人。单凭这袖子，就足以证明了。但是第二天早上，又寄来了一块手帕大小的布，是从外套下摆剪下来的。

而在下个周一，同样的牛皮纸信封寄到了直之的公司，里面是从衣领到右胸的部分，剪得乱糟糟的。

周二。和前一天同样的牛皮纸信封又寄到了公司，直之把自己关在厕所的隔间，打开信封一看，里面是另一只袖子，上面星星点点地散落着黑色的血痕。被绝望裹挟的他抱住了自己的头。

手里有了犯人肇事逃逸的确切证据。虽然现在只知道对方的声音和手机号码，但也算稍微触碰到了犯人的真面目，必须马上通知警察。但是，警察会相信他的话吗？

犯人会把这么重要的证据寄给受害者的丈夫吗？……要说会的话，那只能是因为丈夫是共犯。正如"铃木"所说，警察难道不会想到这是受害者丈夫委托的杀人吗？

这份不安，让直之产生了远离警察的想法。

可是当天，警察久违地主动联系了他。那天晚上七点过后，他回到家时，高松刑警和另外一位年轻刑警正坐在停在家门前的车里等着他。"出现了新的目击者，不过……因为事情有点奇怪，所以想问问您。"他们看向直之的眼神与之前不同了。仿佛从小小的孔洞中窥探的，灰色的、冰冷的眼神……

"住在附近的公司职员去自动贩卖机买烟，说当时那儿已经有什么东西被塑料布覆盖着了。他一开始想，该不会是尸体吧，但转念又想怎么可能，就避开那儿走过去了……问题是，那位公司职员说的时间，是六点二十三分。这个时间点是没有问题的，因为那位男性在买烟时，在用手机和熟人打电话,手机通话记录里有时间。而且,他还说当时道路对面没有停车。我们设想的夫人开过去的丰田锐志,并不在那里……"

"……"

"我们觉得这位男性的证言应该是真的,那么,隔壁邻居听到的从您家车库开车出去的声音,该做何解释呢?隔壁说那时正好是六点三十分。"

"那会不会只是隔壁太太搞错了呢?"

"不,刚刚我们去隔壁确认过了,不仅仅是太太,他们家儿子也说是六点半没错……但是根据公司职员的证词,当时夫人已经被撞,横尸路边了。"

"……"

两人站在玄关处跟直之谈话,这时,直之注意到了瓷砖地板的一角,又躺着一个新的信封……那家快递,今天不仅送件到了直之的公司,还送到了家里……

而且,邮件好像是被粗暴地从门上的报纸投递口塞进来的,信封破了,虽然只有一点儿,但能看见里面是白色的布料。直之被这件投递物吸引了注意力，差点儿漏听了刑警的提问——"车库卷闸门的钥匙，除了夫人，还有谁有吗？"

"只有我有……为什么问这种问题？"

"啊，迄今为止，我们都认为是夫人自己驾车去现场遭遇了事故……如果说两边的证词都成立，那么也要考虑，是肇事逃逸犯用自己的车撞了夫人后，有人又从这个家里将车开到现场的可能。"

"为什么这个人要做这种事？先不说这个，我妻子是怎么去到现场的，走着去的吗？"

直之认为这简直荒谬，摇摇头，说："只可能是某一方的证词有误吧。"

"哎呀，我只是稍微跟您说说想到的可能性，请您忘了吧。您看上去很疲惫，我们还为这点事打扰您……"

高松低下头，在即将踏出门的时候，停下脚步。他注意到了邮件……直之的脸色变了。但刑警只是将它捡起来交给直之，并没有说话，然后再次微微低下头。

但是，那眼神明显想从受害者丈夫脸上看到他与犯罪的关联……

等刑警们回去后，直之一边将邮寄来的信封撕开，一边走进起居室。信封里是外套的腰间部分，边缘的锯齿形痕迹，和送到公司的右胸部分的锯齿形痕迹完全对得上。还有两三天，这幅拼图就会完成，优子在事发当天穿着出去的白色外套，将以这种形式被归还……但是，事件本身反而被破坏得支离破碎，在直之的头脑中形成谜一般的断片。

直之不知道究竟发生了什么。

他只知道，有什么东西，有什么人，想把他逼进一条没有出口的迷茫之路……

总之，刑警已经开始怀疑这次的肇事逃逸事件是有计划的犯罪了，而且开始认为受害者的丈夫是第一嫌疑人。只能认为连警察都参与了"铃木"的谎言。

不，是类似命运的东西帮助了"铃木"，用

谎言抹去事实。

虽然与"铃木"接触以来，只过了两个星期，但直之现在就算实话实说，警察也不会相信他了吧。搞不好警察会认为他真的委托了"铃木"去杀妻子，案发当日带着情人去伊豆旅行，是为了制造确切的不在场证明……而且弓枝这个情人的存在，正是充分的杀妻动机。

再加上这件白色外套的几块碎片……只要在他手里，无论怎么声明肇事逃逸犯和自己毫无关系，也没人会相信吧。

要是"铃木"最初联络自己时就告诉警察的话……要是外套碎片第一次被寄来时就交给警察的话，他们也许会相信直之。但是，为时已晚……白天在公司的卫生间里担心的事，只过了半天就变成了现实。

他确实是清白的。他知道自己不是那种会犯下杀妻之罪的可怕男人。但是，相信他的人只有他自己，至于旁人……特别是在警察看来，他也许正是一个委托他人杀妻的残忍男人。这些天，是"铃木",将受害者的丈夫塑造成了这样的形象。

问题是,这个"铃木"到底是什么人,出于什么目的,要将直之塑造成委托杀妻的丈夫的形象?

应该不是为了那七十五万日元。

难道是肇事逃逸者为了脱罪,将单纯的事故捏造成委托杀人案件,企图将罪行转嫁到受害者丈夫身上吗?

直之也想过这种可能性。但是,即便如此,"铃木"也会背负直接实施犯罪的罪名……那是比肇事逃逸更重的罪名,甚至有可能被判极刑。肇事逃逸犯应该不会做这么蠢的事。

来自犯人的礼物摆在起居室的地板上,完整的外套形状几乎已经形成了,除了从胸口到腹部的地方,还缺很大一块……直之坐在沙发上,抱住头,突然想:犯人会不会不把那部分送过来?拼图会不会永远无法完成?那正好是发生撞击时留下车辆痕迹的部分……

犯人的车上有某种能明显区别于普通车的特

征，那个特征在受害者的外套上留下了痕迹。所以，即便冒着极大的危险，也要从尸体身上脱下外套带走……警察是这么认为的。如果这个推断是对的，犯人应该不会再给直之寄任何东西了吧。

犯人应该不会想让直之抓住狐狸尾巴。

到底是什么样的特征呢？能在外套上留下痕迹，也许是涂料之类的，比如，颜色奇特的车，使用了与日本车不同的涂料的外国车之类。

直之想到这里，环视房间，突然想：不，比起这些，必须先抹除这件外套的痕迹。明天，小姨子可能会从小田原来这里，帮助整理优子的遗物。小姨子有家里的钥匙，可以自由出入，要是她发现了这外套，不知会做何猜想。必须马上藏到她接近不了的地方……

小姨子应该没有家里车子的钥匙，所以最好藏在车里。

妻子死后，车子就没用过。直之从包的最里面拿出车钥匙时，想起刑警曾说过关于车库钥匙的话，突然在意起了妻子总是放在包里的钥匙串。

和直之不同，妻子总是把家门和车库的钥匙穿在一起随身携带。车钥匙插在事发现场的丰田锐志车上，包好像放在驾驶座上……现在那个包作为遗物，放在小小的佛坛前面，直之仔细找了找，里面没有钥匙串。

在家中各处找了，也没有，于是直之决定往小田原打个电话看看。说了来电意图后，直之还道歉说："不好意思，这个时间打电话来。只是，总觉得特别在意。"

"我也没看见哪。我拿着的是好多年前给我的备用钥匙……我正打算明天去你那边，到时候好好找找吧。"

正当直之打算挂断电话时，小姨子问："那……那之后，姐夫你去过案发现场吗？"

"还没有。最近各种各样的事撞在一起……"

"哦……那供花的是别人了。"

小姨子说，她去过两次，每次去都看见那儿供着新鲜又豪华的花束。有兰花，有蔷薇，看上去价值好几万日元，都用和纸包装着，可能是同一个人送的……

"一定是女人送的。姐夫心里有头绪吗？"

"没有。会是谁呢？"直之虽然这么说，但直觉告诉他，是弓枝。对小姨子道谢后，挂断电话，直之前往车库，把装有外套碎片的塑料袋塞到后排座椅下面，然后开车前往妻子出事的现场。

直之把车停在案发当天车停靠的地方，穿过马路，向自动贩卖机周围张望，的确在人行道边上看见了花束……但是，因为连续数日的仲夏酷暑，花朵已经干枯凋零，只剩残骸，连一点花香花色都没有了。车灯不时掠过花束，直之的脑海中不禁浮现出警察给他看过的现场照片。与优子的生命一道被抛诸路旁的，还有她度过的四十五年的岁月。照片中，优子的身体虽然刚刚逝去，但已经仿若凋零多日的残骸了。

生前的笑容、哭泣、温柔，还有偶尔展露的任性……优子的一切，在一瞬间变为残骸。直之的身体里第一次涌起对肇事逃逸犯的怒火，但是，对弓枝的在意仍旧更多一些。

看到花束的残骸，直之更加确信送花的人就是弓枝，并且觉得弓枝一定还会来送花。他想，从明天开始就不要给弓枝打电话了，不如来这里看看……那晚还有一小束花，像是躲在硕大的花朵残骸后一样，供在优子倒下的地方。只是几枝颜色低调又朴素的花。第二天晚上直之回家时，小姨子从小田原打来了电话：

"今天我去你家找了，没找到家里的钥匙。也可能在车里，姐夫你自己找找看……啊，对了，在那里供紫色洋桔梗的，是姐夫吧？"

智美说，今天她从这个家回去的途中，顺便去了一下案发现场。

"不，不是我。"

"是吗？因为是姐姐喜欢的颜色，我还认定是姐夫供的……那就是哪个特别了解姐姐的人了。"

"……优子，很喜欢紫色吗？"

"哎呀，姐夫，你不知道吗？姐姐从前就很喜欢，差不多十年前，有占卜师对她说紫色会带给她幸运，她就把家里的装饰都换成了紫色……"

直之环视起居室。

"但是，窗帘和绒毯都不是紫色。"

"看仔细，花纹里一定有紫色……因为紫色很显眼，所以她有意避开纯紫色的式样。衣服也是，纯紫色的也就只有T恤之类的。"

她死时穿的上衣是什么颜色呢？直之什么也想不起来，他发现自己居然对妻子的喜好一无所知，又在挂断电话时，将这个想法忘得干干净净。只是，当晚上床闭上眼睛后，黑暗中仿佛渗出了那个颜色……在坠入深眠之前的朦胧意识中，直之认为小姨子说得太夸张了。那件关键的外套只是纯白的……等等，那件外套上是不是也有紫色的花纹？会不会只是有花纹的那部分，犯人还没有寄来……直之的想象渐渐偏向妄想。不，犯人不可能寄来那部分。所以今天不管是公司还是家里，都没有收到包裹……这是因为，那部分不只是有花纹，还有肇事逃逸的重要证据……车子的颜色，像花纹一样残留在外套胸口到腰的部分……紫色的车……没错，犯人用那个颜色的车撞死了优子……

从周三到周五的三天里，无事发生。犯人既没有寄来东西，也没有联络直之。夜晚，直之前往案发现场也只看见花束的残骸，没有弓枝来过的迹象。

周六晚上直之开车前往案发现场时，几乎就要放弃了。他决定这是最后一次前往。所以，当车灯照向斜前方的自动贩卖机，光束中浮现出一个蹲着的人影时，直之还以为自己掉进了优子死后数次出现的噩梦。

直之往前开了一段，掉头，放慢车速，靠近人影。没错，是弓枝。她脚边是新鲜的花束，闪烁着各种颜色。弓枝不知道优子对紫色的执着……感到有车靠近，弓枝站起身。她应该看不清车灯后驾驶座上男人的脸，但在直之停车之前，她主动靠了过来。像是早就约好，直之打开副驾驶的车门，弓枝自然地坐了进来。

直之说:"我们找个好说话的地方吧。"

"你还记得和夫人最初约会的地方吗?带我去那里吧。"弓枝回答。

车子再次掉头,驶向横滨的山下公园。直之问:"为什么不给我打电话?"弓枝先是沉默了一阵,然后以不经意的语气说道:"因为你杀了夫人。"

直之设想过所有可能的回答,唯独这个回答超出了想象。他皱起眉,回过头问:"那个男人给你打电话了吗?"

他只想到这一种可能。

"'那个男人',什么意思?"

弓枝转过脸,好像在模仿直之一般,也皱起眉。她没说谎。那张脸上确实是不可思议的表情。不知为什么,直之反而放下心来,把迄今为止发生的事一口气和盘托出。他决定,如果弓枝相信他的话,明天就去向警察坦白一切。

抵达横滨之前,直之正好讲到自己把"铃木"寄来的外套碎片藏在了这辆车里。这期间,弓枝好像在说"难以置信"般地摇了好几次头,最后,她再次重重地摇头,一副陷入沉思的样子,说道:"那个男人出于什么目的,会做这些事……"

"你刚刚为什么说是我杀了优子?"

"我只是想说你的行为和杀了她别无二致。而且,这不是你一个人的责任,相当于你和我,共同杀了夫人。"

"……"

"从伊豆回来后,我试着问了看手相的大师,根本没有夫人说的那种能预测重要之人的安危的线。那是夫人编出来的说法。"

"她为什么要编这种话……"

"虽然她对你说是预言,但那其实是她的遗言。夫人,决定在生命的最后……"

想要越过路口时,信号灯转为红色。直之踩下急刹车。

"你是说优子是自杀的?"

"嗯。夫人知道了我们的事,受到了伤害,所以选择在我们去伊豆的当天……夫人,可能真的得了癌症吧。再次检查后说不是癌症,其实是说谎吧。"

"这不可能。医生对我做了详细的说明,也给我看了胃部的片子。而且……总之绝对不可能。"

"为什么?"

"优子不会因为我出轨而自杀。她没有爱我到那个程度。"直之说,仿佛把话语从口中丢出去一般。

弓枝沉默着摇摇头。信号灯变绿,直之发动车子。

"没办法,我也不是因为爱她才结婚的。"

弓枝再次摇头,说:"你根本不明白夫人的心。"

"因为你是个连自己的心都不明白的人……其实,你现在还爱着夫人呢。"

"这更不可能。"

因为我没有为妻子的死真正感到过悲伤……直之在心中说。

"不,你总是在和我相见的前一晚,和夫人做吧?"

"……"

"大概是因为你的身体透着夫人的味道吧……虽然只有一点,但我能感觉到。我有时候会想,你把自己全部交给了夫人,变成一具空壳的身体才来见我……"

直之摇头,说:"不可能。"

"优子把车停在路边,去自动贩卖机买烟,被车撞后当场死亡……你是说她明明是自杀的,却伪装成死于交通事故吗?"

"正是。我先前不了解具体情况,以为夫人只是跳到车前……听了你刚才的话,我明白了。夫人不是伪装成死于交通事故,而是伪装成被杀,一定是这样。"

弓枝说,优子明明是自杀,却伪装成他杀,让自己看起来像是被杀的。

直之没有接话,只是沉默。

"在这里停车。"

弓枝突然开口。

"我打车回去,你现在马上回家看看存折。这一个月里,有没有给什么人汇过七十五万日元……还有,现在你带着手机吧?查查看。邮件还有电话,看看有没有主动联络那个'铃木'的记录。"

直之明白弓枝想说什么。他在路边停车,着急地查看起手机的通话记录,但是没发现任何可疑的记录……不过,通话记录可以很容易地消除。

"什么也没有。"直之对弓枝摇摇头,"不过,如果警察调查运营商的话,也许有记录。你是说,'铃木'的话是真的?"

"嗯。至少,应该相信他真的接到过井川直之这个男人的委托,让他杀妻。那个手机,还有你的银行卡,夫人几乎都能自由使用吧?"

直之只能点头。银行账户虽然在他名下,但和别的家庭一样,是妻子在管家里的账,直之几乎不掌握金钱的动向。优子巧妙地利用这一点,设了这个局——弓枝说。

直之明白弓枝想说什么。优子下定决心自杀,但不是简单地自杀,而是想以死向丈夫复仇——要么让丈夫杀了自己,要么设局让丈夫背上嫌疑。

不，应该有更简单的方法。优子应该是通过报纸或别的途径，知道了能接受杀人委托的暗网，然后在暗网上接触了自称"铃木"的男人，委托他杀害井川优子……不，还不知道"铃木"是不是男人。委托人和执行人一次面都没见过，就结下了契约，往来了金钱。同时，因为"铃木"也不知道委托人究竟是谁，优子就能简单地以丈夫之名，委托别人杀害自己。

因为一说话就会暴露自己女人的身份，大概是通过邮件沟通报酬金额、杀人方法、日期和场所的吧。然后到了那天傍晚，优子让"铃木"在自家附近等待，追上六点半开车外出的自己，实施杀害……"她开车外出的时候，一定会在环八大道前面的自动贩卖机买烟。瞅准那个时候动手是最简单的。"她提前这样教过"铃木"……

弓枝想说的就是这些。实际上，这几乎就是真相吧。这样基本就能解释，为什么"铃木"会突然打来那通无厘头的电话，以及报酬的尾款为什么还没汇到"铃木"的账户了。

优子应该不会干这么蠢的事——直之没有自信如此断言。妻子与自己共同生活了十五年，自己竟对她一无所知。被什么事逼入想死的绝望之中，但比起单纯的自杀，更想让别人以为自己是被丈夫杀死的……如果优子真是这样的女人，直之也只能说，可能如此。

但是，不管弓枝怎么说，有一点直之可以肯定——优子不是为了丈夫而自杀的。优子对身为丈夫的我，没有那种程度的执着……就算优子真的为自杀设了这么个愚蠢的局，其中理由必定在别处……

不过，现在没有闲心去纠结这个问题。

"你看了存折，如果有给谁汇款七十五万日元的痕迹，最好尽快去警察那儿坦白一切。虽然现在已经很晚了，但亡羊补牢，为时不晚。现在还能证明你的清白……毕竟你没有杀害夫人的动机。"

直之摇头道："不。"

他有动机。那就是现在坐在他旁边的女

人……

弓枝回过头，说："完全没有。"声音有点高亢，不太像她。

"和我之间的事？那构不成动机。因为事实上，你已经开始对我感到厌烦，想回到夫人身边了。这次的伊豆之旅，是在我的央求下，打算当作最后一次的旅行而已。"

直之再次摇头。这次，动作很慢。

"真的，你只是没察觉到自己的心。虽然我没说出口，但和夫人的死无关，我真的把那次旅行当作最后一次……我会对警察这么说的。他们也一定会来问我的。"

弓枝打开副驾驶的门，说着"早点回去"，下了车。和在伊豆那儿时一样，分别突然来临。直之还在发愣，弓枝走过车前，对路过的出租车招手，一眨眼就离开了。不，她从车前走过的时候，停顿了一下。直之突然打开车灯，弓枝被光束包围。为什么打开车灯，他自己也不知道。手自作主张地动了。大概是想用光束代替呆滞的身体，抱住这个女人吧。直到这时，直之才第一次注意到，弓枝穿着一身丧服一般的黑色蕾丝裙。与衣服相称的雪白的、寂寞的脸，浮现在灯光中。好像是为了掩盖那份寂寞，她微微一笑……不，只是试图做出微笑的样子。唇角没能翘起，弓枝想冲直之露出笑容，却失败了。她在下一个瞬间跑到灯光之外，融入道路的黑暗处，向出租车拼命招手，随后，和红色的尾灯一起离去了。

回去的途中，下起了雨。

这是妻子死后第三次下雨。明明已经进入梅雨季半个多月了，但空气中异常干燥，雨云似乎每天都覆盖在上空，可总是力气不够似的，挤不出雨滴。

当晚的雨，一开始下的时候还有点声势，很快就变得淅淅沥沥，只在前窗玻璃上描画出圆点的纹样。因为那点彩画般的水光和夜晚的暗色，那天早上直之走在坡道途中回望时看到的陈旧疲惫的家，重新焕发出美丽。

和房子一样，被死亡的阴影包围着的优子，

也在直之心中焕然展现出与生前判若两人的美丽……弓枝在车里说的话，是为了保护他而编造的谎言……她是为了证明直之的无罪，才准备向警察撒谎的。虽然明白这一点，但正如弓枝所说，自己爱妻子也许超过爱任何人，甚至超过爱弓枝，只是迄今为止连他自己都未曾察觉——直之开始这么想。起码，直之想立刻知道妻子究竟是个怎样的女人，为此，他驾车赶回家中……

不过到了家，也没能马上进家门。在车库前停了车，直之注意到，出门时放在裤子口袋里的钥匙串不见了。要是掉了的话，只可能掉在了车里。这么想着，他开始在驾驶座下面和坐垫附近寻找。

结果在出门时拿着的小包里找到了。他在驾驶座坐垫下面摸索时，从缝隙间找到了意外的东西。

是戒指，而且是结婚戒指。是从伊豆回来的途中发现遗失了的，自己的结婚戒指。

原来掉在这种地方了吗？

这么想的同时，直之歪着头有点怀疑。从注意到戒指丢失到现在，已经快一个月了，自己应该没坐过这辆车。那么，为什么……走进家门，在明亮的灯光下再次观察这枚戒指，直之再次发出"哎呀"的惊呼。

自己的戒指上应该有三个并排的黑色污点，而从驾驶座找到的戒指上并没有……自己的戒指的内侧，确实有三颗像猎户座参宿三星那样的点。

以防万一，直之摘下现在戴在左手无名指上的戒指，看向内侧。他皱起眉。从妻子遗体的手指上脱下来的戒指上，有三颗星……也就是说，妻子在事发当天，在被车撞死的那天，戴着直之的戒指，而直之丢失的，是妻子的戒指。

因为尺寸基本相同，大概两个人都没发现之前就交换过了吧。

不，直之摇头。就算自己没注意到，妻子也应该注意到了。也就是说，妻子明知道这是丈夫的戒指却还戴着。但是，为什么……

直之直愣愣地站在起居室的荧光灯下思考，

十分钟后，终于找到了答案。优子，大概和我做了同样的事吧……某日——恐怕是她死前的两三天，优子开车去和什么人相会，在下车去见那人之前，摘下了自己的结婚戒指，回到车上时，戒指找不到了，就以为丢在了什么地方。那天回家之后，优子因为心虚，特别在意丈夫的目光。总觉得丈夫钝感的眼睛，似乎唯独能一眼看出妻子的戒指不见了……当晚，不安的妻子从睡着的丈夫手上摘下戒指，戴在自己的无名指上。钝感的丈夫就算注意到了，应该也只会以为是自己丢在了哪里……她如此期待着。

这份期待如愿以偿。在那个死亡的前夜，她装作给丈夫看手相，诱导丈夫看自己的手，即便如此，丈夫也没发现他手上的戒指消失了。不过，令妻子费心做到这种地步的愧疚感，从何而来呢……这与自己从遗体的手指上摘下戒指时所怀抱的内疚，是不是一样的呢？

妻子与不想让丈夫知道的男人相会时，一定会摘下戒指吧。

果然，妻子有他不知道的一面。这是他第一次在妻子身上感觉到某个陌生男人的影子。五分钟后，当他从佛坛的柜子抽屉里拿出两本存折看时，那影子变得更浓了。

自己名下的存折上，的确有在三月末汇出七十五万日元的记录。

但是，真正令直之吃惊的，是仿佛被刻意藏起来的搁在抽屉角落里的另一本存折。

优子名下的存折是为了收音乐教室给的工资，除了交房贷以外没作他用，以前就听她说过已经存了一千万日元以上的钱……那本存折显示，从去年夏天开始，优子几乎每周都会取出十万、二十万日元，现在只剩下一万日元了。去年年末，甚至一天之内就取出了接近两百五十万日元。

那不可能是汇给"铃木"的。说是每周，其实有的间隔两三天，有的间隔半个月，金额也各不相同。

是男人。是妻子摘下结婚戒指去见的男人。

直之直觉如此,然后继续目不转睛地查看存折。密密麻麻的数字,是拼图的碎片,汇聚成一个女人的脸,是直之从来不曾看过的——不,是直之从未料想过的,妻子的脸。而她却将这张从来不曾给丈夫看过的脸,对那个男人大方表露……而那个男人反复无常、荒唐任性的性格,从存折上杂乱的数字中彰显无遗。

直之的脑海中,浮现出一个年轻、青涩的男人的脸。

有一种颜色在脑内弥漫开来,优子和男人的脸仿佛被蒙上一层面纱,隐藏在雾霭之后……那是周二的夜晚,在优子死去的现场,隐藏在豪华花束残骸之下的,那束洋桔梗的暗紫色……

第二天早上,他前往警察署拜访高松,把两本存折和"铃木"寄来的东西拿出来,按弓枝的建议说出了一切。高松不时提出疑问,坚持把这段长长的告白听完后,并没有表现出怀疑的样子,甚至在最后道谢说:"哎呀,多亏你说出来了。"

高松让部下把外套碎片和信封拿去鉴证科，并去调查接收那七十五万日元的账户，然后说："我虽然是第一次听说有关'铃木'这个男人的事，但我知道夫人在外面有男人。实际上就在前天，我听附近的人说，今年一月份看见过夫人从年轻男人开的车上下来。"

他接着说："好像是一辆偏蓝的紫色车。还有，在那天事发的时间左右，有人看见过一辆紫色的车停在您家附近……"

"那个男人是撞了我妻子的犯人吗？"

对于直之的提问，高松沉默着点了点头。虽然未告知详情，但警方认为，事发当天两人曾乘坐那辆紫色的车外出。傍晚，刚回到家附近时，优子说要"回到刚才的自动贩卖机去"。开车的男人照做了，在优子买烟的时候倒了车，当买完烟的优子踏上道路时，男人瞄准那一瞬间一口气加速……之后，他将优子的尸体转移到人行道那儿藏起来，开着那辆紫车到优子家附近，然后用优子包里的钥匙打开车库，把丰田锐志开到现场停下,制造出优子自己开车来到现场的假象……然后步行回到紫车停靠的地方,开车逃之夭夭……

从高松口中吐出的只言片语仿佛给了直之灵感,他这么想象着。

"从优子夫人账户里汇出的那二百五十万日元,会不会就是买那辆车的钱?日期是圣诞节前,可能是礼物什么的……紫色的喷漆很少见,大概是特别定制的吧。只要找找4S店应该很容易就会有线索……眼下,我们知道可能是茶色头发的牛郎之类的男人,我们也会去那种店里调查。"

高松这么说着,然后用充满确信的声音说道:"我觉得您账户里那七十五万日元也是优子夫人汇给那个男人的。收款账户可能是用假名开的。男人知道那钱是从你的账户里汇出的,就编造出'铃木'这个接受杀人委托的人物,想把罪名嫁祸给'铃木'和您吧。"

这个推理正中红心——一个月后,三十二岁的前牛郎小村隆一被逮捕后如此坦白。

这男人的身份原本一直查不清。但是,优子

的妹妹想起"姐姐有写着'维奥莱'的会员卡"。"维奥莱"是涩谷中央街上的一家牛郎店,有牛郎看到去年夏天辞职的前同事,开着今年新推出的蓝紫色车。

小村之所以从店里辞职,是因为原本是客人的优子成了他的金主,之后基本都是优子在支撑着他奢侈的生活……今年三月,他说新的事业需要资金,让优子给他出七十五万日元,而事实上,他似乎打算用这笔钱带着新认识的年轻女人离开东京,开始新生活。觉察到此事的优子使出了各种手段。可不管什么手段都只能管一时,渐渐地,小村对这个比自己大一轮、只有着中人之姿和与年龄相称的疲惫肌肤的女人,感到厌倦和疏远了。六月的那一天也是,优子去横滨买了夏天的西装送给男人,想讨好他,但男人的好心情没能坚持多久,回来的路上又起了争执……

这些事都是在小村被逮捕后的第三天,直之被叫到警察署时,从高松那里听来的。

直之在警察署看到了小村的照片,看上去只

是一个死板又土气的男人。

据说小村有个黑帮的姐夫,小村曾帮他进行过电信诈骗。当时拿到的假名账户在这次的事件中用上了,那个账户的确收取了七十五万日元的汇款,但背后的男人到底没能找到。

小村究竟是个怎样的男人,对直之来说其实无所谓。他只是想知道,对着这个男人,妻子展露出了怎样的自己不曾知晓的一面呢……自从那晚与弓枝分别,直之感到自己好像第一次认识优子这个女人,他想看看自己曾错过的,她的各种面目。当然,她已经死了,已经无可挽回了,只能作罢,但当天在警察署,直之还是碰上了意外的机会。

高松对他详细地说明了逮捕嫌疑人的过程,直之问:"那么,小村隆一承认是他杀的人吗?电视上只说他因遗弃尸体罪被捕。"

"不,他说自己只是掉头想跑,车头朝着自动贩卖机旁边的空地,是夫人自己冲到车前的,所以那是自杀……还说有证据。"高松这么说着,突然问直之有没有勇气看看夫人最后的样子。

紫车上有行车记录仪，拍下了撞上人的瞬间。

去看妻子死前最后的样子，实在是件很难受的事，但直之只犹豫了一会儿，就说："麻烦你了。"

他被带到一个放着显示器的房间，很快，录像就开始播放。今天东京的气温打破了今年的高温纪录，这个狭小的房间里没有空调，汗水从全身上下喷涌而出。房间里的空气奇妙地凝固着，显示器播放着街景。没有声音。好像沉在水底一般寂静，风挡玻璃的前方只有道路流动着……街上已经变暗，直到车灯让视野的右斜前方浮现出烟草自动贩卖机，直之才认出那是什么地方。车停了下来，一个穿着白色外套的女人走过车头前方，斜穿过马路去自动贩卖机买烟。是优子。当她弯腰拿烟时，车子往后倒了一段，蓄势后向前飞冲。接着方向盘迅速向右猛转，优子从风挡玻璃右边跳入画面……和小村的主张一致，看上去是优子主动冲上来的，但也不能断言不是车子故意瞄准了优子撞上去的。

唯一明确的是，车子正对着的优子毫无躲避的样子，十分冷静地站在原地，有一瞬间，她看向驾驶座，皱起了眉……不，是笑。确实是在微笑……优子似乎找到了她失去和放弃过的东西，她开心地笑了，虽然只有些微。下一个瞬间，她就像人偶一样被车子撞飞。直之闭上了眼睛。

双眼深处，那张脸像静止的画一般烙印在视网膜上。以自己的生命做交换，这样便抓住了坐在驾驶座上的男人的一切……四十五年的岁月全部贯注在这一瞬间，优子看上去美得闪闪发光。但是，那张脸是为驾驶座上的男人，而不是为身为丈夫的自己。

直之睁开眼睛，录像开始慢速重播，但他说"已经可以了"，站起身，背对显示器走出房间。

媚药

"妈妈她，会不会结婚呀？"

听到玄关的门关上的声音，角子那张儿媳妇的脸，立刻变回妻子的脸，说道。

昭夫拿着啤酒的手停住了。

"结婚，是说再婚吗？"

嘴角的沫子和啤酒泡沫一模一样。

"是呀。和爸爸一起生活了十年，寡妇生活四十年，说是初婚都不为过吧。"

和"角子"这个名字相反的圆脸，意味深长地自顾自点头道。

"有这回事吗？"

"怎么没有？你以为，妈妈真是为了买感冒药才去药店的？明明脸色那么好。"

"……"

"车站前的山下药店，哎，就是步道桥前面的那个……这个时间那对年轻夫妇去吃晚饭了，是那个老爷爷在看店哪。妈妈说有点发烧，是不是别有用意呀？"

"别胡说。老妈一到夏天这个时候就会感冒。"

"可不只是感冒，梅雨结束之后就是腰疼、肩膀疼、擦伤……感觉连窒息时吃的药都要在急救箱里备好。"

"那是因为今年的成人式上安美受伤了吧，有那时候的药。"

大女儿安美因为穿不习惯草屐，仪式那天刚出门就跌倒了。媳妇只在意借来的振袖[1]上有没有沾上脏污，跑去拿急救箱的婆婆空着手回来说：

---

1 和服的一种，主要为未婚女性在正式场合穿着。

"用来救急的药都用完了。都是些维生素、妇科病的药,全是她自己用的。"本是说给儿子的耳语,却传到了角子耳朵里。角子心里不痛快,之后两个人有半个多月没说过话。

"那就一次性买好呗。"

"为了不招你嫌,所以才一点一点地买了补充进去的吧。"

角子好像没听见这话,突然问道:"你最近肚子有没有丝丝拉拉地疼?"

"没……"

"是吧?但是前天,她还买了治胃炎的药呢。她在药店对老先生说'我家儿子好像肚子丝丝拉拉地疼',药店的年轻太太听得清清楚楚,告诉我的。"

角子非常得意地说。

"今天去买抽纸时,我顺便委婉地问了那对年轻夫妇。唉,我觉得很丢脸哪。妈妈她总是找老先生说话,厚着脸皮站在店头。而且,年轻夫妇一回来,她好像就悄悄地溜走了……"

"两个老人说了什么奇怪的话吗？"

"这个嘛，我就不知道了。那家年轻太太说上了年纪的人就是寂寞呀什么的，说得好像我都不和妈妈说话似的。哎，听说他们是青梅竹马呢。但肯定不止那样。那位老先生，头发感觉从花白变成全白了对吧，一头气质很好的白发，皱纹像雕刻的一样深邃，感觉就算进了老人院也一定很受欢迎。而且他五六年前不是死了夫人嘛。"

"你是说老妈在向他求爱吗？"

"我可没那么说，但是刚才就莫名地兴冲冲……我可不反对哟。妈妈虽说七十三岁了，但看起来还年轻，除了神经痛以外身体也硬朗。我觉得再婚也不错呢。"

"你擅自这么想倒也没关系，但是，可别对老妈说这些话。"

"嗯，当然。她一定会做出可怕的表情说'你是想把我赶出去吧'。我只是想说，要真是那样，就听之任之了。"

听到高二的儿子浩司的脚步声，角子停住话头。

赌上公司命运的大单交易成功了，终于有空早点回家，结果来了这出。

昭夫用叹息掩盖恼怒，努力用挖苦的语气回应妻子："电视节目上最近没什么有趣的事吗？"

昭夫并没有无视，甚至比妻子还要在意。

一听到山下药店，昭夫突然想起了几十年前的那一天，父亲的脸。

那是父亲因车祸去世的两三年前，昭夫应该已经上小学了。父亲过着公司和家两点一线的单调生活，平时在家里像动物园里的羊和驴子一样沉默。有一次，他罕见地对昭夫说："要不要去击球场？"

昭夫记得那天，小个子的父亲用出乎意料的猛劲，将球击飞到被网罩住的空中。他还记得父亲细细的手腕夸张地渗出汗水，好不容易高飞的球很快就撞上网掉下来，看上去白忙一场，这是父亲死后昭夫才增加的印象吧。时隔多年，人工草坪现在已经变成真正的绿草地，记忆中总觉得那应该是平和的春日的一天。

之所以觉得是春天，大概是因为回家前，在车站前的咖啡馆看到的父亲的笑脸吧。

击完球，父亲说"累了"，顺便去车站前的药店买了一瓶药，然后进了咖啡馆。

"什么药？"

昭夫问。父亲一度露出不耐烦的表情，似乎重新思考了一下，笑着说："妈妈爱的是刚才那家药店的叔叔，不爱我了，所以要给她吃这个药。"昭夫觉得，比起"爱"这种夸张的字眼，"喜欢""在意"之类的词对孩子来说更浅显易懂吧。

"吃了这个，妈妈就会喜欢爸爸吗？"他问。

父亲笑了，那笑脸好像被放了气的皮球似的满是皱纹。即便如此，如此超近距离地看到父亲的笑脸，是第一次也是最后一次，所以昭夫心里感到了像春天一般的温暖。实际上，知道那笑脸背后父亲心中的寂寞，是在昭夫再长大些，知道"媚药"这个词之后的事了。

山下药店里穿白大褂的男人，在那之前他

就知道。妈妈只有药不会亲自去买，每次都让昭夫去那家药店买。那时昭夫还分不清医师和药剂师的区别，称呼那男人为"先生"[1]。那男人曾有一次问他："你是多惠女士的儿子吗？"昭夫已经记不清那张脸长什么样了，声音大概也是普普通通的吧。只是从侧面看，鼻子像外国人的一样高，因此，昭夫只对他的侧面有印象。

仅此而已。尽管如此，父亲被卡车撞死后，昭夫曾以卖弄的口吻对朋友撒谎说："爸爸是自杀的，原因就是妈妈。"其实没看红绿灯的卡车司机负了全责，爸爸根本不可能是自杀。之所以会说这样的谎，是因为父亲、母亲，以及那位先生三个大人的脸上，有什么东西在孩子的心里留下印象了吧。

母亲一直用看入赘女婿似的眼光，高高在上地看父亲，态度傲慢。父亲葬礼的晚上，昭夫曾偷听到，父亲那边的叔母和谁悄悄说："多惠真是

---

[1] 日语中"先生"专指从事医生、教师、律师等受人尊敬的职业的人。

个冷漠的人哪,到底还是没哭。"

等昭夫成为大学生后,才从那位叔母口中听到了真实的情况。

母亲和药店的山下先生是青梅竹马,甚至有过婚约。后来,母亲得知先生有正在交往的恋人,她很生气,不听先生的道歉,赌气和别的男人相亲,马上就决定结婚了。先生在第二年也和别的女人相亲后结婚。

"总之是个很要强的人呢。"

"正因如此,在父亲死后,她谁都没靠,自己做推销保险的工作把我养大了,不是吗?"听了叔母的话,昭夫如此反击道。但同时,他也终于看清了父亲的真面目。没错,父亲以他自己的方式爱着母亲。那一天,父亲买的茶色药瓶当然不是媚药,也没打算让母亲吃。不,他自己也没打算吃。昭夫的记忆中清楚地留有那一天的情形。出了咖啡馆,父亲瘦弱的手将药装在袋子里,扔进了车站的垃圾箱。

父亲以为年幼的儿子不知其中意味,的确,

实际上昭夫是在从叔母那儿听闻相关事情之后，又过了一段时间才知道这一切的。跟随大学田径队去白马岳合宿时，旅馆冰箱里的茶色药瓶点燃了男生间猥琐谈话的气氛。那时，昭夫突然意识到，父亲那天买的，可能就是这种药。他不记得那一天药店里的两个男人是怎样的表情。两人应该没见过面，父亲假装成不经意走进店铺的客人，去买了那个药。但是，昭夫能看见父亲内心不怀好意的表情。

那时，父亲是不是为了对夺走自己妻子感情的男人施以小小的报复呢？他什么都没说，只是去买了那种药……那时，昭夫感到父亲紧紧地握着身为孩子的自己的手，这是不是因为看见孩子的脸，就能知道他是多惠的丈夫呢……在这一系列的算计后，报出那种药的名称。与其说是对药剂师，不如说是对这个身披白衣的男人，对一个同性。

联系起之后父亲在咖啡馆里开玩笑似的话，从连接处细细的缝隙里，浮现出父亲身为男人的脸。

昭夫以为是自己想多了，很快就忘了。

这个男人某天意外地被撞倒在路上，等妻子赶到医院时已经气绝身亡。或许昭夫只是想用那种想象，撬开他三十七年来过于沉默的嘴唇，让他说点什么吧。或许只是想在那纯白色的手绢上染上一点色彩，那最后覆上他面容的、仿佛象征着他的人生的白色手绢。

如今昭夫自己也做了父亲，就算想起那些事也无所谓了，但或许因为妻子的语调太过刻意，回想起的茶色药瓶又奇怪地引起了他的注意。药瓶上还贴着记忆中所没有的，看上去有毒的华丽标签。

母亲三十分钟后回到了家，只是往起居室看了一眼，说"我要睡了"，就上了楼梯。母亲的体态懒洋洋的，但握着袋子的手看上去很兴奋。昭夫甚至感觉袋中好像装着那个茶色的小瓶。他慌忙摇头。但妻子的话若是真的，那年逾七旬的母亲就不是为了感冒药或止痛药，而是为了追求别的效果而去药店的了。

三天后,昭夫下班回家时偶然看到了那一幕。

药店的柜台上,母亲探着身子在和老先生说话。

店面是开放的,但过往的车辆声音嘈杂,在外面只能听到母亲兴奋的笑声。有几十年没看到老先生了吧?昭夫有时会路过,看店的总是那对年轻夫妇中的一人,或者是死去的太太。死去的太太……与瘦得过分的母亲正相反,昭夫记得那是一位心宽体胖,有着柔和笑容的中年女性。他将一半身体藏进步道桥的阴影中,窥视着店内。几年前,昭夫从公司回家的路上,看见成排摆放着的葬礼花圈,于是问母亲:"那位先生死了吗?"

"是太太哟。那么胖,不知道会对心脏有害吗?"

挤起唇边的皱纹吐出的气息,现在想来,似乎含着嘲讽的笑。

那个人还是记忆中的先生的样子。面对母亲的主动,白发日渐干枯的男人的脸上,浮现出犹豫的苦笑。果然是那张侧脸。

他们大概只是在聊些家常或叙旧,但母亲穿

着的类似浴衣面料的绞染连衣裙，描绘出背部的曲线，令人很难感受不到母亲的主动。

曾经身为寡妇努力为生活奔波的母亲，虽然很瘦，脊梁骨却粗壮。前年用贷款把家里重新装修了，昭夫看见母亲因为不适应西洋风格的装修而缩着身体看电视的样子，弯曲的后背看上去衰老又寂寞，但这会儿向先生那边倾斜的身体曲线，却有着不同以往的风情。

昭夫额上渗出汗水，应该不只是盛夏的缘故。暮色发白，微风像是裹挟了汗水般潮湿。而店内却点着干燥清爽的灯光，那灯光将母亲垂垂老矣的身体中隐藏的东西暴露在儿子昭夫眼前。昭夫感受到了这一点，正要离开，没走几米远，身后传来叫他的声音："昭夫。"

回过头，母亲皱着眉，带着有些尴尬的表情说："正好。喉咙里还有点热，正想喝点冷饮呢。"便硬邀儿子去了咖啡馆。

母亲一边用吸管啜饮着蜜瓜苏打水，一边说："角子她，是不是有什么事？最近不知为什么心情非常好的样子，真恶心。"从说媳妇的坏话开始，母亲继续聊着家常。

"是不是有什么话要对我说？"

咖啡快喝完的时候，昭夫终于开口问道。说什么喉咙热，只是借口。

"没有，没什么。"

母亲马上否认，用很大的声音吸了一会儿剩下的苏打水，然后像是突然想起来似的，嘟囔着问道："你已经忘了你爸的事吧。"

"嗯，毕竟我现在比爸爸死的时候都大十多岁了。"

"这样吗……你也上年纪了呢。"

"为什么突然提起爸爸的事？"

"哎。"母亲笑了，好像想以此糊弄过去。因为做过推销工作，她的皱纹里好像都渗透着讨好的笑，让昭夫微微觉得很可怜。也因此，他将这句话忍在了喉咙里——"妈妈才是早就忘了吧。你想说的就是这件事吧。"

"哎，马上就是你爸的忌日了，我想着，从

今年开始就只让我念经就行了吧。"

母亲嘶哑的声音，在昭夫听来更像是借口。

当晚，母亲一去洗澡，角子就像等了好久似的，一副开心的样子凑近昭夫低语道："妈妈果然是认真的。"

"松江女士，你知道的吧。就是老人会的那个，哎呀，就是和妈妈像女学生一样要好，脸像白纺绸的人……妈妈说有事只能和那个人商量，好像在讽刺我似的……那个人今天又来玩了，两个人在二楼说话。我一端茶要进去，说话声就突然停止了。平时净说些媳妇的坏话，今天好像不同呢。"

角子说，敲门之前，听到母亲口中说出了"山下先生"的名字，还真真切切地听到她说："我对佛坛上的老公也已经充分尽到了义务，差不多可以考虑再婚了。"

"最近在我面前也表现得很高兴的样子，真恶心。"

婆媳二人说着同样的话你争我斗，昭夫一边苦笑，一边认真思考起来。不，从最初妻子说这话的那晚起，他就预感会有什么事发生。今天碰见母亲也不是偶然。这三天里，他刻意按照妻子所说的时间走出车站检票口，路过一直以来过门不入的药店门前时，也刻意放慢了脚步。

"不过，你今天不怎么高兴嘛，莫名其妙的。"

角子投来了似乎看破其中理由的目光，昭夫背过身去无视了。

之后又过了三天，新一周的礼拜一晚上，角子又瞄准母亲去洗澡的间隙对他小声道："妈妈她，好像要和山下先生去温泉了哟。因为我看到他们从车站前的旅行社走出来。"

"你跟踪她了吗？"

"怎么会，我是去娘家时偶然……然后我就进了那家旅行社去问，那里的人说他们买了修善寺温泉的两人份住宿券。"

时间说是下周的周末。

"会不会是和松江女士一起？"

"不是哟。"角子得意地摇头,"说是男女各一名。绝对没错吧,我顺路去药店的时候,拜托那位年轻太太要对我的话绝对保密,然后,某种程度上跟她打开天窗说亮话了。对方也是这么想的……但是呢,那对年轻夫妇好像有点儿困扰。因为妈妈她不光一个人去药店,好像每次都带老人会里不同的人去,硬让人家买药。昨天礼拜天也是,我在路上遇到松江女士的儿子,他感激地说'妈妈为失眠症所苦,还好你们家的妈妈告诉了她有效的药'。"

"那药店的夫妇不应该高兴吗?"

"这是在向别人卖弄啊,好像自己已经是药店的一员了似的。而且对那对年轻夫妇来说,现在父亲再婚意味着遗产要被分走,当然不会有什么好脸色。不过嘛,这也分人,他们说会找机会不露痕迹地问问老爷子的。"

伴随着浴室里的水声,夏夜的空气中飘荡着微弱的哼歌声。

你看。角子递来一个眼色。

"这么有空的话不如去做兼职侦探吧。你很有这方面的才能嘛。"

昭夫这次也竭力嘲讽。

为什么不高兴,他自己也说不清楚。昭夫的眼前经常浮现出二十多年前的一天,母亲穿着推销员制服在车站前徘徊的身影。昭夫结婚后,光靠他一个人的收入一家人也能生活,但母亲并没有马上辞去工作。那会儿她终于下定决心辞职。家里采购的任务被媳妇夺走,店头吊着的电灯泡映出无处可去的母亲徘徊的背影。犹豫到最后,母亲买了些便宜的生鱼片。

母亲在回家路上的一个街角伫立,长时间的犹豫之后,把刚买的生鱼片扔进了垃圾箱。

这是昭夫第一次在母亲的背影里看到了衰老的痕迹,所以从市场开始,一路上都没有出声打招呼,等了很久之后才打开家门。

如果那个寂寞的背影,能变成如今向着药店先生探出的背影这般,那么再婚也是件不错的事。但是,昭夫总觉得,这背影和那一天把药扔掉的父亲的背影，莫名地重合了。

他对母亲说自己已经忘了父亲的事，其实并没有。甚至，自从妻子说出母亲可能要再婚的话之后，他的脑海里就常常奇怪地涌入有关父亲的事。昭夫在玄关换鞋时不由得想，今天不过又是昨天的重复。突然感到，现在自己的身影，看起来正像小时候每天早晨看见的父亲的身影一样，不禁心生感叹。即便父亲已经不在了，他仍然觉得父亲正在和自己一起老去。

妻子角子用目光无言地责备："都这个年纪了还在做'妈宝男'吗？"但他感觉，是去世的父亲正在借由自己的身体，对那位先生产生嫉妒心。

而且，想起那位先生看上去很为难的侧脸，他对这次的事更添一份不安。

一天早晨，昭夫准备出发去仙台出差两晚，角子把上衣披在丈夫背上，似是不经意地在他耳边说："妈妈她，好像失恋了。"

因为顾忌着在院子里打扫的母亲，她的声音

很小。

"昨天,药店的年轻太太给我回复了。他们家老爷子虽然有意再婚,但说绝对没法和多惠女士结婚。知道吗?妈妈曾经拒绝过那位先生。过去抛弃自己的女人,如今再来纠缠也无济于事呀。"

那份不安在一周后应验了。

"不只是那样,人家好像中意妈妈带去的松江女士,说和她结婚的话也行。妈妈好像知道这事儿了,这两三天都不怎么高兴吧。"

妻子的目光转向庭院。要说不高兴,这个周六的确见母亲没什么精神,现在正是暑气蒸人的盛夏,那背影却像被衰老雕刻过一般,看起来凉飕飕的。

经过半个月的无名恼怒,昭夫其实也有想让母亲顺利再婚的想法。

昭夫怀着复杂的心情出了门,两天后,在五点前回到了家,比平时要早些。打开玄关门时,妻子在起居室冲他招手,食指搁在嘴唇上暗示道:安静点。

"昨天,松江女士和妈妈在电话里大吵了一架——虽然是妈妈单方面的发火。"

真讨厌,这个岁数了还为男女之事吵架。妻子皱着眉指指二楼,声音更小了。

"松江女士在呢。"

正说着,从二楼传来慌慌张张的声音。抓着楼梯扶手拼命跑下来的老妇人,正对上从起居室向上张望的两张脸。一瞬间,那张仿佛白纺绸的脸痉挛了一下,微微低头后立刻冲向玄关。接着,另一阵脚步声如雪崩般从楼梯上落下。

"等等,我又不是责怪你……"

母亲注意到儿子的瞬间,身体僵直,用颤抖的声音道:"你回来了?"但很快转向媳妇:"你在药店说了些什么呀!说我对山下先生抛媚眼?托你的福,功夫全都白费了,我好不容易才撮合的山下先生和松江女士。"

竭尽全力从身体中发出的声音。

角子和昭夫都目瞪口呆。

"过去,山下先生和我有婚约,但我们闹了

别扭，最终我抛弃了他。我觉得喜欢和结婚是两回事，所以选择了耿直的你爸。但是，你爸死后，我觉得这是当年抛弃山下先生的惩罚……为此我四十年来一直后悔，想要弥补这过错……终于等到他去世的夫人过了七年忌，我觉得松江女士正合适。他们两个也有这想法。都怪你说些多余的话……你说我对山下先生有意思，那边的媳妇向松江女士多了嘴，让她心生退却，最后还和我吵了起来。我为了劝动松江女士，是说过和那个先生再婚也不错之类的话，但那只是媒人的话术而已呀。"

母亲喉头哽咽，像是要用全身的力气去顶撞媳妇，被昭夫全力挡住了。

"当然了，因为是那么有男子气概的人，我曾经也想过，比起无聊的你爸，还是和他结婚更好。但是你爸死得那么突然，我很后悔……再也没有那么温柔的人，再也没有那么包容我的任性的人了。死的是对我来说最重要的人哪。我怎么能不管这些，去和山下先生……虽然没说过，但是我觉得，就算是你，偶尔也会想和昭夫两个人在一起，才想让你们在今年你爸忌日那天去温泉旅行。不信的话我可以给你看住宿券。孙子们也说暑假会出门，我打算和你爸的灵牌单独在家过……我是这么想的，但是你，你把昭夫从我身边偷走还不够，连你爸，还有我和你爸的回忆都要夺走吗？"

"说得太过了，妈妈。"

昭夫一边压住母亲激烈抵抗的手，一边恍然大悟。上周，母亲邀他去咖啡馆的那晚……那时，从药店出来的母亲，也许是从儿子的背影中看到了死去的丈夫。也许母亲忽然想起与父亲的往事，于是借着和父亲酷似的儿子的身影，小小地沉浸在回忆中。也许只是如此。

第一次见婆婆如此气势汹汹，角子连解开误会都忘了做，一时惊慌失措。昭夫被母亲仿佛耗尽一生之力吐出的愤怒所震慑，大步向门口退去，心里下意识地站在了妻子一边。

"角子也没什么恶意，是妈妈误会了。"

但是，后面的话不禁变成了笑声。非常可笑。一个误会接着一个误会，终于看到了小小的真相。那一天父亲扔掉的药，的确起效了。虽然是在他死后，但的确起效了。

母亲过去对山下先生，不，可能到现在都是喜欢的吧。因为喜欢，才会操心到想让他能幸福地再婚的程度。但是，现在父亲已经成为她更喜欢的，对她来说更重要的男人了。要论输赢的话，是一起生活了十年的父亲赢了。自从他死后，不，从他生前就赢了……

被不可抑制的笑呛出泪水，昭夫全身无力地坐到沙发上。母亲看着他，忘记了发火，而妻子还在惊慌失措。

"你怎么了？"

结婚以来，这是婆媳两人第一次异口同声。

II

単恋

片思い

"昨天的营业额，这么少？"

伸江一边检查着收银机，一边问丈夫。丈夫正在往店头的货架上摆罐装啤酒。

回应她的只有咳嗽声。

丈夫一说谎就会咳嗽。三年前和店里雇的寡妇关系暧昧之时，去年把赌马输掉的十万日元说成是看望恩师的礼金之时，他都毫无原因地咳嗽了。和感冒咳嗽不同，像罐装啤酒没开好的声音。

"果然有问题，昨天明明很忙。"

"昨天你有半天回娘家了吧？我看店的时候

很清闲哪。我还说这年头不景气,今年到年底了生意也不行,你不记得了?"

"但是……"

丈夫好像在拖时间,用沉默的背影对着她,慢悠悠地摆着罐装啤酒。伸江当然怀疑丈夫。又是赌马?赌自行车?还是那个斯纳库[1]的妈妈桑?有可能。但是……

店门前响起自行车的声音。

"在团地[2]转了一圈,今天卖了七件。"

早晨的阳光洒在他健硕的体格上,小酒馆唯一的店员扬着得意的笑脸走进来。

看见伸江搁在收银台上的手,他粗粗的八字眉微微跳跃了一下。

昨天是周日,伸江回娘家,是去抱怨丈夫了。雅夫规矩的普通丈夫的形象,只坚持到结婚第八

---

[1] 有陪酒女郎的日式小酒吧。

[2] 起源于战后日本,是为解决战争导致的住房短缺问题而大规模建设的公共住宅。

年，婆婆死之前。婆婆从儿子儿媳的夫妻关系到酒馆经营都要插手，对于婆婆的死，伸江一边觉得不能这样，一边松了口气。但就在这一口气的间隙，丈夫马上就开始潇洒了。

用现在的话说，丈夫是"妈宝男"，之所以母亲在的时候老老实实，大概是因为畏惧吧。只要妻子不紧盯着，他大白天就能丢下工作去打小钢珠。当初相亲看照片时吸引了伸江的那张美男子的脸，如今已年过四十，只是个大叔而已。伸江不觉得他会受女人欢迎，但他居然和店里兼职的寡妇，还有常去的斯纳库的老板娘搞起了婚外情。他胆小，所以不管是逢场作戏还是出轨，都翻不出大风浪，从这一点来看还有救。但从这个夏天开始，他经常去车站前小巷里的斯纳库整夜不归，进入秋天后不久，伸江发现丈夫的贴身衣物上有口红印。橘色的口红印，应该是妈妈桑那几乎能看见牙齿的上翻厚唇留下的。伸江记得那位妈妈桑第一次来店里商量进货事宜时，那张化着浓妆的脸。

"昨天不是很热嘛，我在那家店里脱 Polo 衫时，旁边的女客人倒过来了。"

丈夫雅夫一边咳嗽一边说着蹩脚的谎话，之后说着"因为是我们店里的常客，才没办法不去的"出了门。伸江无言地目送丈夫的背影。她很生气，气的是，事已至此自己一点都嫉妒不起来，她因自己的冷淡而产生了焦躁的心情。结婚十五年，生活像风化后的废墟，只有那触目惊心的口红印，滑稽地、不合时宜地浮现出来。

令她焦躁的原因不仅如此。

"辛苦了。卖了七件，干得漂亮……多亏了小良，今年能好好过个年了。"

伸江开着玩笑，店员只是挠着头说："哎呀，因为今天是平安夜嘛。"那天一整天，伸江一直不露痕迹地观察着这个年轻人。

木村良二是三年前，和丈夫关系暧昧的寡妇辞职之后，看到店门口贴着的招聘启事然后进来应聘的青年。他之前工作的工厂破产了，那天正一边想着要不要回老家小诸，一边在街上闲逛。

本以为他只是想在这里赚几天日薪，但他诚实认真，工作卖力，不知不觉间在这里待了三年。

当然，店里待他不薄，甚至为他出一半房租。"真想在这么好的地方打一辈子工啊"——有时他会难为情地挠着头这样说，很是亲切。

他有一张朴素的脸。圆圆的轮廓，小小的眼睛，好像一笔就能画出他的脸，性格也像那张脸一样朴素。最近的年轻人中，很少有人像他那样有着被大米滋养长大的身体，滚圆的腰散发着泥土的气息。这个年轻人像一条忠犬，让伸江在没有孩子的空白岁月里，稍稍充实了起来。

稍稍？真的只是稍稍吗？

伸江觉得自己这两三个月之所以焦躁，不是因为那个斯纳库的妈妈桑，而是因为良二有了恋人。她数次摇头驱逐这个想法。今年春天，外出的伸江回店里时，看见良二在货架的阴影处和一个姑娘说话。从良二异常的笑容里，可以看出那姑娘不只是个单纯的客人。看见伸江，良二慌忙和姑娘站远了，一笔画出的脸上换上朴素的笑容。

那姑娘匆匆和伸江行了个礼就走了，良二说她是车站前超市的店员，因为和自己是同乡，就稍微聊了会儿。

肯定不止稍微。那之后，姑娘好像频繁给这边打电话，夏天时还看见他们在车站前的咖啡馆里说话，脸都快贴到一起了。

本来，要只是这样也没什么。伸江对那个和良二有些相似的乡下姑娘也抱有好感，关于那个叫雪代的姑娘的事，只要伸江问，良二都会一边挠着头一边老实地回答。风中微微染上秋色的时候，有天晚上伸江从外面回来，注意到两人在店对面的阴暗小路里小声谈话。良二一边说"今晚会给你更多的"，一边往姑娘的牛仔裤口袋里塞进两三张千元纸钞。姑娘拒绝，良二却硬塞给她，看上去不像是姑娘借钱，而像良二硬给的。

姑娘叹了口气，这时，她那双越过良二的肩膀留意着周围情况的眼睛发现了伸江，一脸不知所措地低下头，回过头的良二也像掩饰不好意思似的挠挠头。

姑娘看上去很淳朴，没有化妆，有一张招男人喜欢的脸。后来问良二，他又挠着头说："她父亲卧床不起，她寄钱给家里很辛苦，我稍微帮点忙。"但伸江担心良二是为了讨好姑娘才给她钱的。良二是单恋哪，那种小姑娘是不会明白这个乡下青年的魅力的。良二只能用金钱去填补这个单恋的鸿沟……

后来姑娘不再打电话过来，不管伸江问什么，良二都只是挠着头说些模棱两可的话。伸江认为他挠头的习惯不只是因为质朴，和丈夫的咳嗽一样，是掩饰什么事情时的动作。良二想要掩盖的关系，在伸江的想象中反而更加鲜明。于是，不知为何，伸江觉得自己不是被丈夫背叛，而是被良二……她意识到了这种不可思议的苦恼。之所以不对丈夫的出轨感到生气，也许是因为她更生迷恋姑娘的雇工的气。

夜晚小巷中的姑娘，那双越过良二肩膀的眼睛，在无法入眠的暗夜中浮现。只是不经意的一瞥，好像吸收了路灯的光，年轻而得意的眼睛炯炯有神，仿佛在嘲笑着伸江的年龄……

秋意深了，连风的声音都开始干枯，两个年轻人的关系也终于开始出现危险的倾斜——伸江从良二不经意间露出的无表情的脸上，想象出了这样的情节。

今天早上，伸江觉得收银机里的金额很奇怪时，最先想到的是良二硬塞给姑娘钞票时的手。还有前天，雪代久违地打来电话——

良二握着话筒，笑得脸都要裂开了，但很快那张脸就被阴云覆盖住了。

"约好了再见一次的吧？平安夜晚上不行的话，别的时间也行……我一定会给你钱的。"

好像拼命说服了不情愿的对方无论如何见一面。良二露出放松的表情，挂断电话。良二似乎非要给终将离开自己的姑娘"进贡"最后一笔钱……伸江觉得只有这一种可能。

店头的电视机播送着新闻节目，说在家里庆祝圣诞节的人数在增加。可能是受此影响，香槟和啤酒非常畅销，店里电话铃声接连不断，平安夜这一天一整天忙到脚不沾地，很快就到了晚上。直到拉上卷闸门，一切都平安无事。良二比平时干活更卖力，但若怀疑起来，这份卖力看起来像是为了弥补昨天从收银机里偷钱的愧疚。但是，伸江之所以一整天暗中观察良二，与其说是怀疑他偷钱，不如说是想看看良二对于今晚要见的那个姑娘，到底迷恋到了何种地步。

她在忙碌的间隙偷看良二的眼神，绝非单纯看一个雇工的眼神。

"我稍微出去一下。"

放下卷闸门，伸江回到起居室想休息一下时，丈夫站起身，把夹克披在身上。他又咳嗽了，还没等伸江回话就背过身去。虽然知道他要去哪儿，但伸江只是说"哦……"，然后沉默着目送那冰冷的背影。听到后门关上的声音，伸江穿上拖鞋。

脑子里全是正在店里收拾东西的良二。伸江

探出手想拨开起居室和店面之间的珠帘,但停住了动作。果然……她心中暗道。

良二从收银机里拿出了两三张纸币,正往裤子口袋里塞。突然,他停住了动作。良二注意到了从里间往这边窥探的女主人。

隔着被微风摇动的珠帘,伸江蓦然看见了良二扭曲的脸。关了一半灯的店里本应寂静,却被电视里吵闹的圣诞歌破坏了。

伸江慢慢地走近收银机。推开呆立在原地的年轻人,她从收银机里拿出所有的一万元纸钞,一张一张地数。一共二十一张。全部塞给良二。

"没必要偷。给你,全部。"

良二垂着脑袋,似乎畏惧着什么,摇摇头。

"没关系,反正是我的钱。就当是赔偿金……我今天终于下决心要和那个人分开了。十五年哪,拿这些也不过分……是叫雪代吧?把这些钱给那姑娘吧。"

伸江用冷静的语气说。不过冷静也到此为止。硬塞到口袋的纸钞因为良二的抵抗散落到地板上，那一瞬间，伸江爆发了。

"去呀！那个人也是，你也是，都去你们喜欢的地方吧！我也要去自己喜欢的地方。"

她用几乎磨破嗓子的声音喊叫道，才发现这几个月以来自己的身体里竟积累了这么多令人厌恶的声音。力量集中到她的手上。伸江感觉到自己想要殴打这个年轻人，急忙跑回起居室，猛地打开衣柜的抽屉，想要收拾回娘家的行李，但因为情绪爆发而泪如泉涌。伸江把头埋在抽屉里哭了起来。

泪滴浸湿和服的包装纸，翻起了跟结婚时带来的和服上的古旧霉点相似的气息。十五年来一次都没有穿过，徒留霉点的气息……

"夫人，这些还给您。"

泪水终于收住时，良二走过来说。良二把钞票放在门槛上，然后把自己捏着的三张发皱的钞票小心地抚平，一起放在上面。

"您丈夫出轨的事，您知道的吧……对不起，我自作主张了。但是没关系，今晚就会结束了。"

伸江慢慢抬起头。

"今晚，就算您丈夫去了公寓，雪代也不在。因为我和那姑娘约好在车站前的咖啡馆谈最后一次话。本来打算把这三万元当作分手费，没关系，就算没钱他们也会分手的。"

伸江还没明白其中的意思，问："分手？谁和谁……"湿润的声音听上去比丈夫的咳嗽声还愚笨。

"当然是您丈夫和雪代……"

"但那姑娘不是你的……你不是说过吗？你还给她钱。"

"最初那姑娘为了见您丈夫而来店里，对我这种店员，她光明正大地说自己是他的情人，所以您回来时，情急之下我说了那样的谎……我瞒着您丈夫，暗中联系那姑娘，请他们分手。我想要是给钱的话……"

良二正说着，突然露出讶异的表情。

"您不知道吗，夫人？那您刚才为什么突然那么……"

事到如今，发火的原因不是丈夫出轨，她也说不出口。伸江只能摇摇头。

"但是小良你为什么做这些事？为了包庇我家那位，做到这地步……"

似乎要将大块头的身体塞进墙壁的阴影里，良二闷声道："不是为了包庇您丈夫。我没有那个义务。"

"那是为什么？"

"为什么……因为觉得夫人您很可怜……"

"就这么同情我吗，到这种程度？"

"是的，到了这种程度……"

"为什么？"

良二摇着低垂的头，突然抬起脸。他好像要说些什么，又好像忘了要说什么。伸江看着他。他的表情很奇怪，似是要哭，又似是要笑。

一笔画出的脸上还能有这么复杂的表情啊，伸江突然想。她回望他的眼睛。

良二先移开了视线。"虽然有点突然，但除夕那天，请准许我离职。"说完，他背过身去。

伸江从包装纸里取出和服，铺开，看了很久。这件被遗忘在酒馆工作和结婚生活的间隙里的绀色和服，好像和自己一起变老了。只有裙摆花纹里的黄色花朵还残留着青春的痕迹。这些花朵与如今的自己还相称吗？伸江微笑着想。

无花之叶

花のない葉

电话铃响起时,已近午夜零点。

作为居家副业的缝纫活终于做完了,她一边松了口气,一边看向在旁边房间睡得很香的丈夫。一看就来气。

"真是舒服呀。"

她嘟囔着,伴着丈夫的鼾声,接起了电话。

一瞬间,她担心起还没回家的儿子是不是出了什么事。正在复读的大儿子,好像和暴走族一类的家伙混在一起。他虽然没有摩托车,但买了头盔。

今天傍晚也是。

"我们家可没有钱给你买什么摩托车。预备校的学费也是靠我的缝纫副业补贴的。而且爸爸的公司最近传出了破产的消息……快点上大学然后打工,想想怎么帮帮家里吧。"

"这样吗,爸爸要破产了吗?"[1]

"这不是讲冷笑话的场合!"

"你自己不也是,'别要摩托车,快点去打工',你不也讲了了冷笑话吗?"[2]

两人像说对口相声一样,你一言我一语。小巷里传来鸣笛声,儿子抱着头盔跑了出去。

这可不是相声。虽然还瞒着儿子,但丈夫的公司已经决定在这个夏天结束前裁员两百人。自己的名字一定在裁员名单上——对什么事都没有自信的丈夫,只对这一点充满确信。

只要看看除了吃饭和打哈欠以外几乎不张嘴的丈夫,就能知道公司解雇他也不是没道理。

---
[1] 日语中"爸爸"和"破产"的发音相近。
[2] 日语中"摩托车"和"打工"的发音相近。

一家四口住的这间旧公寓太小了，如果有居家副业之外的工作的话，她也想对家庭进行裁员。但是，儿子要是有什么事就麻烦了……

然而，话筒里传来了快乐的笑声，好像要将夏子的不安全部踢散。

"夏子，是我呀。"

女人的声音传来。

"什么呀，安美……这个时间打过来，什么事？"

听到熟悉的声音夏子松了口气，但又皱起眉来。对方是高中时代的好友。

"哎，两百万左右的钱，要不要？今晚会有一大笔钱进账，我分你好了。"

听着那得意的声音，夏子条件反射似的憋住顶上喉咙的愤怒，还是漏出了"唔"一声呻吟。

说是好友，但也只是到两人二十四岁那年相继结婚为止。高中时期的夏子在女生中是精英，成绩优异，有大小姐般的容貌气质，是男生们憧憬的对象。而这样的她，不可思议地和吊车尾的安美很投缘,两人经常手拉手在走廊上走着,甚至还引起了奇怪的传言。

安美不喜欢学习,好像为了掩盖平凡土气的样貌而化妆,常翘课出去玩,被贴上了不良学生的标签。夏子的班主任甚至劝告过夏子:"应该有选择地交朋友。"

但是,学校里的评价体系和出社会后的评价体系截然不同。人情练达的安美高中毕业后,在社会上如鱼得水,眼看着变得越来越漂亮。而夏子在女子大学里也摆出大小姐的样子,渐渐落了下风,出社会后只是个土气的OL。

即便如此,直到结婚,夏子一方还算得上是精英。

为了有个稳定的将来,夏子和一个土气老实的上班族结婚,而安美则和一个寂寂无名的漫画家结了婚。未来本应充满不安,但安美似乎能招来幸运,结婚对象很快就鲤鱼跳龙门似的成了当红漫画家,一下子就赚到了比夏子丈夫的年薪高数倍的钱,现在应该有十几倍了吧。

在结婚后的第四年，安美打来电话得意地说："这次我们要搬家到成城[1]，你来玩吧。三十岁前就搬到成城是有点奢侈，但都是为了避税呀。不然要付的税金都能买两三间公寓了，太浪费了。"

夏子冷冷地回道："不好意思，我要带孩子，没空。"

至此，两个女人的交往宣告终结。

两人的关系再次热络起来是在半年前，也就是今年开始后没多久。安美时隔十几年打来电话，草草问候了一番之后说："哎，不好意思，夏子你能不能说昨天我是在你家住的？"听那声音好像忘记了十几年的空白，习惯了自己的小日子的夏子也觉得十分怀念，不禁变回了高中生时的语气。

"对不起，我呀，现在有个年轻的男朋友，老公好像起了疑心……没办法呀。我没有孩子，只靠宝石呀，名牌衣服呀，派对呀这些，实在太无聊了。对了，你家的孩子还好吗？啊，马上要

---

[1] 位于东京世田谷区的高级住宅区。

考大学了？要是以前我会羡慕得叫出来，但现在我觉得没有孩子真是太棒了。他，很棒哟。虽然只有二十八岁，但他对我说，只要我离婚就会和我结婚呢。话虽如此，但要甩掉我老公这样会下金蛋的男人实在太亏了。而且老公也离不开我，就快五十岁了，眼里还是只有老婆，真是恶心哪。他还没有掌握我出轨的证据就这么嫉妒，被爱真是很累呢。所以，拜托了。就当是帮帮老朋友吧。"

安美的声音和她的生活方式一样华丽，挥洒着宝石的光辉。只不过，是暴发户喜欢的那种没品位的宝石。夏子认为，安美想把情人像豪华的宝石一样拿给老朋友炫耀，这就是打这个电话来的目的。

前一阵子收到了年底的高中同学会的通知，但夏子不想让人看出自己现在的情况，连答复都没有。那场同学会上，安美肯定衣着华丽地出场了吧。她一定是看破了夏子缺席的原因，为了报复才时隔十几年联系她，而不是怀旧……

报复？

第一次接安美的电话时，这个念头只是掠过了夏子的脑海，但之后她又打电话来说"昨晚就当我在你家住的吧"，第三次打电话邀请道"我老公下周去巴厘岛采风，我一个人在家，你来玩吧"。于是夏子拜访了安美位于成城的家。

"年底的同学会上，有传言说你丈夫的公司快破产了，是真的吗？要是经济上有困难可以找我商量哟。"

安美把丹麦制造的银条纹咖啡杯放在夏子面前，翻起眼皮用一种居高临下的目光看着她时，"报复"这个词在夏子心中清晰地跳出来。金钱真的能让女人变美。安美华丽的脸和当年比几乎换了个人似的，可那眼神丝毫没变。当安美知道自己单恋的棒球部投手单恋夏子时，是这样的眼神；一起复习考试，夏子给她讲解题方法时，是这样的眼神。"夏子是花，我是叶呢。"说这句话时，也是这样的眼神。

夏子的确曾觉得，没有叶衬托的花不算真的美丽。

如今，完全逆转了。安美为了让别人看见自

己的华丽，便需要"好友"的衬托。

话虽如此，但坐在比自己的房间要宽敞几倍的起居室里，夏子自我反省，这么想也许是出于妒忌。而且她心里也盘算着，万一丈夫的公司有什么事，作为最后的办法，可以利用这位"好友"。之后，安美每隔半个月打来一次电话，为此，夏子时刻准备着拿出高中时代的语气。

出轨只是借口，她一定是为了炫耀自己的"花"才联系我的。

"情人非让我给他买跑车呀。"

"唉，又到缴税的季节了。真头痛。今年要是也能存到钱就好了，老公这个小气鬼，每到这个季节就会气呼呼的。"

"我想试着半开玩笑地说要离婚，可看着那副表情，真是说不出口。但是我如果和情人说分手，他也会是一样的表情。"

说到底只是想让人知道她被两个男人爱着，还埋在金山里。

"怎么回事，什么两百万？"

夏子语气中混杂的不快，话筒里兴高采烈的女声并没有注意到。

"对不起，这么晚打来。我现在是用家附近的公用电话打的……今晚，我老公说只要我和情人分手，就会给我一大笔钱。没错，暴露了，老公全都知道了。哪有出钱让老婆和情人分手的老公啊？哎，不过我想这也是我被爱着的证据，就同意了。我放弃那个青年了，但是很痛苦……因为我把爱情卖钱了呀。这种钱，我真想把它一下子扔进臭水沟。所以你要是想要钱的话我就给你……三百万也行啊。"

夏子心里的愤怒不断膨胀。

"我是臭水沟吗？"

她的声音发抖。

"哎呀，对不起。我不是这个意思……如果不要现金的话，要不要一起去哪儿海外旅行？我请你和家人。真的，真想把成摞成捆的钞票扔到外国的海里。"

语气越来越豪放。

"安美,你是认真的吗?"

"当然哪,你为什么生气?我过去不是受过你很多照顾吗?因为受到了精英夏子你的照顾……所以说,这是还礼呀。我现在只有夏子了。"

"你是指送钱的对象吗?炫耀金钱的对象吗?"夏子说着,发出尖叫,"快停手吧!"她没工夫去管丈夫会不会醒来。愤怒的声音兀自从喉咙中喷发而出。

"虽然我踩着缝纫机过日子,虽然丈夫的公司就要破产了,但从来没觉得自己不幸。我已经很幸福了。我的幸福,和你的幸福不一样,不能用钱买。所以你停止吧。"

"你在生什么气呀?就算是我,也懂幸福是不能用钱买的。今晚,我把自己最重要的东西卖了钱,这我比你还清楚。"电话那边的声音还算冷静,"你是说我想用钱,把过去抬不起头的嫉恨买回来吧。很可惜,我虽然穷,但是不会嫉恨,尤其是对你这种人。"

她似乎吸收了夏子的怒火，然后突然爆发了。

"你一点都没变，自尊心还是这么强。我对真正头脑好的人是尊敬的，而夏子的头脑，好像终究只有说那种谎言的程度呢。那时候也是，你的自尊比成绩还要高吧。特别是在我面前，你能找到优越感，所以才选我做朋友的吧。你只是在说谎，夏子你输给我了。你就承认吧，你嫉妒我……"

"……"

"是我赢了，你输了呀……和过去相反，现在是你嫉妒我呢。"

在夏子没出声时，她像射击一样一口气说个不停。

"你在嫉妒我，在嫉恨我呀。"

在重复了好几遍同样的话之后，突然，电话那头哇的一下变成了哭声。一头雾水的夏子忘了生气，冷静下来，耳朵执拗地听着那持续不断的哭泣声。

"果然，我才不会说谎。"

安美的声音好像被眼泪浸透。

"我现在，在医院的等候室……我老公，刚才死了。我不知道要给谁打电话……只能想到夏子的脸。"

"说谎。"

"不，迄今为止的那些话都是说谎。半年前，同学会之后不久，我老公就知道自己得癌症了……明天，报纸上就会登出他死亡的消息，那时你就会知道了。不仅如此，出轨的，其实是他……我从一年前开始就想离婚，但觉得要那么做的话就会输给夏子。只是想想都好像能听见夏子的笑声……而且，还是癌症。我一知道是癌症，就觉得现在离婚太亏了。因为家里的房子还有房贷。"

快要坏掉的冷风扇发出急促的响声，夏子捏着话筒的手被汗粘住。她觉得，这汗水，是从话筒里流出的"好友"的泪。

夏子对"死"这个字还没有实感，但也明白了一件事。安美一定知道，丈夫的死早晚会被夏子知道，为了稍微缓解高中时代失败的惨痛，她才说了那些谎……假装丈夫很爱自己，假装自己有比丈夫更爱的情人……不，不是对夏子说谎，而是对她自己。

"今晚会进账的一大笔钱，难道说，是人寿保险……"

夏子的声音也变得凄凉。

"是的，他得了癌症，我本应和他分开的。老公的爱没有了，我的爱也没有了……况且，他在最后喊的是情人的名字。"

"……"

"尽管如此，为了保险金，我还是……所以，我真的想把钱扔进臭水沟。你在听吗？夏子，在老公的葬礼上，我惨败的样子，唯独不想让夏子你看见。"

长久的沉默中，能听见房间里冷风扇寒酸的噪声，和话筒那头大医院高价病房里的寂静。丈夫又开始悠闲地打起了呼噜。

"输的人是我呀。我不像安美那样爱着老公……我不会哭成那样。就算老公有什么万一，我也一定不会那样。所以你就承认是在说谎吧，我也承认，自从结婚后就落了下风，输给了安美，我承认嫉妒你。你也承认吧，你爱过你老公。"

说话间好像又回到了高中时代。

浆洗

洗い張り

"家里空荡荡的呢。"

里津对正在脱礼服的丈夫说道,而后走进了里边的和室去换衣服。丈夫只发出类似叹息的一声"啊"作为回应。独生女出嫁,果然父亲比母亲更难受。况且女儿才刚大学毕业,好不容易把她养大成人,就被别的男人夺走,对父亲来说的确难以接受。费心养大的女儿,离开父母选择恋人,让里津也有空虚之感。

"虽然如此,也不能一直让她待在家里。"里津一边在心里念叨着,一边打开和室的电灯。白色的灯光映出一片凄凉，宣告秋意渐浓。

里津停下正要解开腰带的手。从留袖[1]在婚宴上沾染的华丽余韵中，她隐隐闻到了幽微的樟脑味。这味道清晰地唤起了有关二十六年前她自己的结婚仪式的记忆。婚宴上，父亲旁边的空座，被她从时隔二十六年的记忆深处挖出，像照片一样历历在目。

当时，里津的母亲贵江已经离开了家，虽然给她寄了请柬，但最后不管是仪式还是婚宴上，她都没有出现。亲戚中也有人说"把那把椅子收起来比较好吧"，但父亲浩平说"就这样放着"。两人已经分居一年多了，可父亲依然没回应母亲提出的离婚。在里津举行结婚仪式的时候，两人还算是夫妇。

但那种情况也只持续到里津结婚当天。从新婚旅行回来后，里津知道了结婚仪式的第二天，父亲就在母亲寄来的离婚申请书上签字盖章，送

---

[1] 和服的一种，通常为已婚女性的正式礼服。

去区役所了。对于贵江是否会出现在女儿结婚仪式的现场，浩平似乎做了身为丈夫的最后一赌。

从母亲贵江的立场考虑，固然能理解她顾及面子而不出席，但当里津清楚地知道母亲选择了自己的幸福而非孩子，偷偷看向婚宴上空荡荡的座位时，她还是感到了难以抹除的寂寞。

母亲离开家后，里津曾时不时与她见面，新婚旅行结束后也去拜访过她。

"真对不起。本来已经下定决心要出席的，连留袖都做好了，但到了当天果然还是没有勇气……"

母亲向她道歉，并拿出用包装纸包着的留袖。

"这个，到二三十年后，小津你出席孩子的结婚仪式时穿吧。我没给你什么结婚礼物，就把这个当作我的祝福收下吧，我会很高兴的……"

那时母亲抱歉的微笑，令里津觉得，啊，这个人果然还是担心着女儿的呀。那时心中的安心和高兴，里津现在还清楚地记得。

那是母亲离家后，暂时住在娘家的时候。之

后，母亲和父亲分别再婚，父亲和后妻之间生了两个孩子，还容光焕发地出席了今天的结婚仪式。而母亲在去年年末，因为癌症去世了。她在弥留之际，曾对过去看望她的里津说：

"那件留袖你还留着吧？把那件衣服拿去浆洗一次吧。"

母亲的意识已经模糊了，可这句话说得很清晰。

"我还一次都没穿过呢。幸子可能马上就要结婚了，我准备到那时候穿。"

里津参加一切红白喜事都穿洋服，可她还是这样回应道。母亲像已经忘了自己的话似的，静静地闭上眼睛。

那时，里津以为那是母亲意识混乱间说的胡话，没什么特别含义，但今天婚宴过半的时候，她突然怀疑那句话是不是有什么特殊意思。

不，就算没什么特殊意思，那也相当于母亲的遗言。一丝褶皱也没有、完全像新品一样的和服，一直在衣柜里沉睡着，里津的后悔涌上心头——要是按母亲说的拿去浆洗就好了。

现在也不晚。

里津手上一边解着束腰带,一边想。把和新品一样的留袖拿去浆洗,等于把钱扔到水沟里,但她还是决定明天拿去洗……

母亲贵江离开家,是因为发现丈夫出轨。母亲知道这件事时,父亲已经和出轨的女人分手超过一年了,之前瞒着母亲,两人的关系持续了两年以上。对此,母亲无法容忍。对方好像是普通的酒家女。

"要是出一次轨倒好了。"

对于过分老实、毫无趣味的丈夫,母亲总是这么说,但真到了这时候,果然还是觉得自己被背叛了。身为普通的公司职员,从每月微薄的薪水里拿出一万日元给女人,这也让母亲十分痛苦。一万日元在三十年前可是笔大数目,况且母亲为了贴补家用还做着针线活的副业。就好像父亲把母亲工作到深夜赚的钱,给了那女人似的。

里津知道这些事的经过,是在母亲回娘家之

后。前去母亲的娘家探望时，母亲简言少语地告诉了她事情的大概。在此之前，里津对父亲的出轨一无所知。母亲离家前，他们夫妇二人像平常一样过日子，母亲回娘家的理由，一开始也只说是身体不好。好像是母亲不想让女儿看见父母争吵的样子，特意这么做的。

对里津来说这自然是晴天霹雳，但她也联想到了之前发生的两件事。

在母亲离家前的一周，里津回家打开玄关的门时，里面传来了打碎东西的激烈的声音。

"你这个人……"

她好像听到母亲因愤怒而发抖的声音。里津担心是不是发生了什么事，打开纸拉门，看见夫妇两人正围坐在矮脚桌前吃饭。母亲看见里津，露出笑脸说"回来得真早哇"，但里津感觉那笑脸是慌忙做出来硬撑的，刚刚母亲也许正在瞪着父亲。父亲也慌忙拿起筷子假装吃饭。他好像为什么事而羞愧似的低着头。

榻榻米上散落着打碎的饭碗残片。

"你爸爸总这么粗心,我正骂他呢。"母亲慌忙说。只是掉落在榻榻米上,饭碗怎么会碎成这样呢?里津虽然这么想,但父亲的确经常在吃饭时弄掉盘子或碗,里津就没有深究,相信了母亲的话。但父亲的粗心完全是别的原因。

另外,那段时间,父亲的哥哥、里津称呼为"良介伯伯"的人,经常往家里打电话。他还来过家里两次,在里屋和父母交谈了些什么。

良介伯伯从里津小时候起就很疼爱她,来家里时总会和她说说笑笑,但那段时间来家里的两次,都让里津离席了。虽然伯伯在接近深夜时才离开,但里津送他出玄关时,他每次都露出心宽的笑容,让里津无法想象他是来为父母二人离婚之事斡旋的。迄今为止,弟弟夫妇一旦有什么矛盾,良介伯伯都会主动承担裁判的角色,用他那圆圆的、老好人的笑脸平息风波,但这回,这张笑脸似乎并没起作用。

"但是,就算出轨,也已经在一年前就结束了不是吗?"听闻事情经过的里津虽然感到震惊,但也提出了疑问。

"那只是个契机而已。从你还是婴儿,到你长大成人,这些年我和你爸爸之间发生了很多事。虽然他是个好人,但也于事无补。我其实有所不满,可总想着'唉,他是个好人哪',就不好责备他……这种小小的不满就像灰尘一样,累积起来,不知不觉间就擦不掉了。"

母亲这样说完,还对女儿道歉:"对不起呀。但你也已经成人了,就请你原谅妈妈的任性吧。"

母亲也属于"好人"的类型,但和父亲不同,她是柔中带刚。与其说是"刚",不如说是固执。这份固执,让她无法容忍丈夫已经结束的婚外情。

就这样,里津不再只将母亲看作一位母亲,而更多是看作一个女人,感觉自己能理解这个女人的牢骚。自己马上也到了考虑结婚的年纪,但是一想起父亲也是为人夫者,她就会感到某种寂寞。即使母亲心有不满,这份寂寞也像一层薄薄的尘埃一样,在夫妇之间积累了二十年之久。

但毕竟已经不是会因父母离婚而心生动摇的

年纪了,之后里津自己也结了婚,有了家庭,便更能将父亲看作一个男人,将母亲看作一个女人,而不只看作父母。

父母离婚后,都各自再婚了,从某种意义上说都获得了幸福。母亲的再婚对象,是一个因事故丧妻后独身了十年的中小企业的社长。他体格大,出手也大方,不论哪方面都与父亲正相反。比起和父亲生活时,再婚后的母亲看上去明显要更幸福。虽说年纪不大就患癌去世,但如果像以前那样一直和父亲在一起,抱守寂寞终此一生,还是像这样品尝了幸福后再死的好……

里津自己的婚姻,要说幸或不幸的话,应该算是幸福的那类。丈夫个子高,是运动型男人,里津的朋友们都很羡慕。虽然丈夫比想象的要更加平凡,但要说不足之处的话也列举不完。

女儿出嫁后,家里突然变宽敞了。

过了三天,虽然习惯了这份寂寞,但因为女儿不在家,迄今为止被糊弄过去的夫妇之间那煞风景的空白,就变得刺眼了。里津开始一遍遍地打扫家里。抽屉和柜子角落里积累的灰尘,令她感到自己的婚姻关系的角落里也像这样积累了尘埃。母亲就是终究输给了这些尘埃,离开家的吧。里津觉得自己越来越能切身理解母亲当时的心情了。

结婚仪式后的第四天下午,里津就像这样在打扫到一半时,坐在宽敞的榻榻米中央发起了呆。这时,电话响了。

她想着会不会是在北海道新婚旅行的女儿打来的,接起了电话。

"前些天我们保管了您的一件留袖……"

是送去浆洗的店里的员工的声音。说是拆开线后,从衣襟里取出内芯时,发现了一封类似信的东西。

"拿去浆洗一次吧——"

里津想起母亲死前的话,急忙去取衣服。

那的确是一封信。薄薄的和纸信封上,是记忆中母亲的笔迹:给里津。已去往冥界的母亲,生前藏了什么话在留袖的黑色衣襟中呢?里津眨了一下眼睛，用微微颤抖的手从里面取出两张便笺。

"里津，你可能一生都不会注意到这封信的存在。就算注意到了，你应该也已经独当一面，建立起自己的家庭了，应该不会被这里所写的东西动摇。我有一点赌上命运的心态，把这份坦白留给身为女儿的你。就算是以写信的方式，就算知道你可能不会看到，身为母亲必须要对自己的女儿坦白这些——只因我已无法忍耐。因此我鼓起勇气写下这封信。为了你，为了你爸爸，也为了我自己。里津，我离开那个家真正的理由，不是你爸爸的出轨，而是我自己的出轨。虽说和你爸爸的关系让我感到寂寞是事实，但其实，我曾尝试从那份寂寞里逃走。开始对某个人发牢骚，然后渐渐地和那个人交往了两年，发展成了背叛你爸爸的那种关系。当然，那个人也有家庭，最后我们分手了，但刚好过了一年，你爸爸因为一点端倪发现了这件事。你爸爸不能原谅我，于是我便离家了。但你爸爸不想让身为女儿的你，还有那个人的妻儿知道真相,就把一切变成了自己出轨的结果。要说为什么,是因为那个人,你叫他伯伯。为了将风波压制到最小,我们离婚,你爸爸背上出轨的罪名,这是最好的办法了。明知你爸爸替我顶罪却要假装不知道,这很痛苦,但为了那个人的妻子和你,我们最后按你爸爸的决定演了这出戏——在你结婚后的第二天,看到你爸爸寄来的离婚申请书,我第一次哭了。要说为什么,因为我对你爸爸这个人已经另眼相看,只要你爸爸原谅我,我还想回家。不,你爸爸已经原谅了我。尽管明白这一点,我却输给了自己犯下的巨大罪过,再也不能跨进那个家的门槛。内容虽短,但你应该能明白我想说的意思吧。希望你不要重复我犯下的过错,不要让真正的幸福逃走,作为生养你的母亲,我仅做此祈祷。"

绢婚式

刚走出商场，祐子就后悔了。同等价格的话，还是买双实用的鞋子比较好……

准确地说，在商场的特选卖场看到那个镶珍珠的钥匙扣，一分钟后就说"请给我这个"的瞬间，她就开始后悔了。更准确地说，是从店员说"是这件商品吧"，并用优雅的手势，从干净漂亮的玻璃陈列盒中取出那个钥匙扣给她的瞬间开始的……

这样就不得不买了——从这个瞬间开始，就开始后悔"要是买别的就好了"，这是祐子从小时候起的坏习惯。娘家的母亲现在还会时不时发牢骚:"玩具和人偶从买给你的那一瞬间开始你就不喜欢了,真是个不讨喜的孩子呀。"和现在的丈夫结婚时也被说:"丈夫可不是玩具或人偶哟。"因为被说中了,她记得自己当时吃了一惊。

在同意丈夫的求婚后,她就后悔了:"果然,比起区区一介公司职员,还是在秋彦那样的男人身上赌一把更快乐吧。"却忘了就在半个月前,是她自己甩了立志成为画家的笹木秋彦……

话说回来,和小时候比起来,自己又变聪明了多少呢?相安无事地结了婚,婚姻生活到今天刚好十二年。

出了商场,正准备走过银座四丁目的十字路口时,绿灯开始闪烁。收回踏出的脚,祐子回到人行步道上。

要是跑两步的话就能过去——脚踏上步道的瞬间她就开始后悔,但直到这时,还是买了钥匙扣的后悔更大。

丈夫的茶色皮鞋快磨坏了。这段时间,丈夫

的脚步看上去怪怪的，像个老人，也许就是那双鞋的缘故吧。只是，如果送鞋子当作礼物的话，感觉也太不梦幻了，于是她决定去特选卖场看看。看上的钥匙扣，金属材质的圆环上镶着真正的珍珠，是个会令人误以为是枚戒指的时髦小物件。

然而，一颗珍珠大小的梦幻，能滋润眼下这平凡又无趣的婚姻生活吗？

话说回来，今天是结婚纪念日这件事，不知丈夫还记得吗？迄今为止他忘了好几次，送礼物也总是迟来一天……

信号灯终于变绿了。

迈开步子，马路过到一半时，祐子停住了脚步。

丈夫从对面走了过来。这个偶然本身并没有什么可惊讶的。丈夫的公司在东银座，今天中午从位于大森的家中出门时，她就想到或许会在路上碰到他。

但是，丈夫是和一个女人在一起。两人开心地说笑着，甚至和祐子擦肩而过都没注意。这是她未曾预想到的。而且，和那女人擦肩而过时，她注意到女人和丈夫手挽着手,还从她口中听见了令人吃惊的话……

被人流裹挟着过了马路,回过头,那两人的身影已经不见了。她怀疑是春意熏人的阳光使人产生了幻觉。应该不会有这种偶然的。

十字路口的嘈杂声消失后,祐子的耳畔只回荡着女人对丈夫说的话。

"之后,我把房间的钥匙给你。"

听得清清楚楚……

祐子记得这个女人的脸。

半年前丈夫公司旅行的照片里,有个年轻女员工依偎在丈夫肩膀上。祐子觉察到了那个穿着浴衣的女人笑容里的谄媚。

"如果我心中有愧的话就不会让你看到这张照片了。她呀,在和我们的一个客户搞婚外情。她找我商量过两三次,算是加班谈工作吧。因为对方是客户,不好办哪。"

丈夫如此解释道。女人叫佐藤孝子,人如其

名，是个相貌平凡的女人。祐子感到这个女人的平凡和丈夫的平凡似乎有种奇妙的共鸣，不过丈夫向来不擅长撒谎，她就相信了丈夫的解释。

祐子一回家，休春假在家的儿子就说："刚刚爸爸打电话回来，说今天会晚点回家，让我们先睡。"四月就要上小学五年级的儿子一也，好像在偷看母亲不愉快的脸色，接着又说："不是'今天'，而是'今天也'呢。"

即便如此，祐子对自己在十字路口听到的话，还是抱着是不是哪里搞错了的想法。当晚，等接近零点才回家的丈夫入睡后，她跳下床，检查了丈夫脱下的衣服，很轻易地就发现了那个东西。

和别的钥匙不同，只有那把钥匙藏在零钱包里。

那是一把普通的金属钥匙。不普通的是，钥匙上绑着一个小小的粉色蝴蝶结……

忘了和妻子的结婚纪念日，却和那个女人用这把钥匙庆祝两人的关系……在那个女人的房间里。

就算半年前的解释不是说谎，想必两人也在

之后商量的过程中，感到彼此的平凡两相呼应，然后结为一体了吧。

那个绳结里，就藏着这把钥匙。

"我把房间的钥匙给你"这句话之后，祐子似乎还听到女人说"你要是怀疑我的心的话"。这么看来，这把钥匙终于把两个人紧紧联结在一起了。

话说回来，这是多么充满恶意的偶然哪。在祐子给丈夫买钥匙扣作为结婚纪念日礼物的时候，丈夫的出轨对象把自己房间的钥匙作为礼物送给了他……

那一晚祐子没睡着，想起高中英语课本上欧·亨利那篇有名的短篇小说《麦琪的礼物》。丈夫卖掉怀表给妻子买梳子，妻子卖掉头发给丈夫买表链，落了空的礼物，反而证明了彼此的爱。如果说那对年轻夫妇是贤者，那么给丈夫出轨用的钥匙配上钥匙扣的自己，只能说是愚者了。本想送他这枚珍珠形状的小小梦幻，反而将平凡的婚姻生活中残存的梦幻破坏了……

不仅仅是钥匙扣，这一晚，祐子对十二年来

婚姻生活中的一切都感到后悔。天亮时，她终于想到了处理钥匙扣的方法，一个男人的脸浮现在脑海中。

第二天早上，祐子用和平时一样的表情送装得和平时一样的丈夫出门，等儿子吃完午饭后，再次出发前往银座。

迄今为止的人生中，祐子有数万件后悔的事，其中最深的悔意，都来自"笹木秋彦"这个名字。

祐子因为笹木深深地后悔过三次。第一次是在同意丈夫的求婚之后不久，第二次是结婚第五年时，在报纸上看到笹木的笑脸，文章介绍他是备受期待的年轻画家……第三次，是又过了两三年，听传言说笹木在银座开了家小画廊，也展示自己的作品，在开业那天自己下定决心前往的时候。虽然是家小画廊，但笹木比想象中笑得更开心，他欢迎着过去甩了自己的女人，开玩笑地说"我还没从那时的伤痛里走出来，现在还独身呢"，并送了她一幅画着花的小画作为礼物。

之后，笹木还寄来了个人展的邀请函，一年见个两三次，在这过程中，微弱的悔意反复出现在祐子心头。

如果祐子主动迈出一步，应该会发展成婚外情的关系吧。尽管如此，对于笹木"一起吃个饭吧"的邀请，祐子总是拒绝，她想把跟笹木的事限制在不破坏婚姻生活的小小梦幻里……昨天也是，出家门的时候，从商场回来的时候，都想着要不要顺路去笹木的画廊，又想着是结婚纪念日，所以放弃了。

这样一来，除了把钥匙扣送给笹木以外，别无发泄怒火的方法。

与其说是对丈夫的报复，不如说是对昨天过分恶毒的命运的复仇。这样想着，祐子打开了位于御幸大街旁边的画廊的门。但是，听那里的人说，笹木现在在纽约，五月才能回来。笹木这个梦破灭后，狭小的画廊看上去只是个煞风景的空盒子。

失去了发泄口，祐子抱着一腔怒火和装着钥

匙扣的包，不知不觉间又来到了四丁目的十字路口。她想去退货，但没找到合适的理由。

祐子看着信号灯从红变绿，又从绿变红，沿着十字路口斑马线画出的四边形，毫无意义地来回走了好几圈。

时至今日，这里也是东京第一、世界第一的豪华十字路口。来往的女人都衣着光鲜，看上去很幸福。只有和那种丈夫结婚的自己，好像抽到了一支非常贫苦的签。这个豪华的十字路口，好像是为了赶自己走，才在昨天以看似偶然的形式安排了那个小事件。

祐子突然非常想听听孩子的声音，就用商场附近的公用电话往家里打了一个电话。

"喂？"

话筒那边传来的声音太像大人了，而且和丈夫的一模一样，她正愣着，马上意识到这正是丈夫的声音，吃了一惊。

"你怎么在家里？"

"有个紧急出差，要去大阪两天。我还想问

呢,你现在在哪儿?"

"银座……"

"搞什么,我们走岔了。要是知道你去银座的话,让你把行李帮我带去就好了。"

丈夫若无其事的语气,点燃了祐子压抑了一整天的怒火。说什么出差,一定是撒谎……

"昨天我们也走岔了哟,在那儿的十字路口。"

说完,她把昨天晚上偷偷检查他的零钱包的事也一口气说了出来。

"真是过分哪,好像我是为了帮助你出轨,才买了这个结婚纪念日的礼物。"

电话那边只有沉默。终于——

"原来如此,昨天是结婚纪念日啊。我忘记了。我会在大阪给你买点什么的。"

用毫无感情的语气说完,丈夫挂断了电话。

那天回到家后,祐子就一直盯着挂在起居室墙上的那幅笹木画的画。

怒气化为空虚,祐子像往常一样温柔地对待

孩子，承诺"明天带你去看电影"。然后，在第二天下午，正准备和孩子一起出门时，快递员送来一封信。

信封上印刷着位于大阪的酒店的名字，寄信人是丈夫。

打开信封，里面正是那把可疑的钥匙，还装饰着粉色的蝴蝶结……

"虽说忘记了结婚纪念日，不过巧的是，前天我也有礼物送给你。"

信的开头是这一句。

"如果我说，这把钥匙和你在十字路口看到的两个人的笑脸，正是我要送给你的礼物的话，你一定会更加生气吧。而且钥匙上绑着的蝴蝶结是丝绸的，结婚十二周年的纪念日正好叫'绢婚式'吧——这把钥匙的确是那个女人的东西，但并不是她房间的钥匙。正如我曾和你说的，她和客户有婚外情，这是那个男人房间的备用钥匙。那个男人是单身，而她虽然很年轻，但已经结婚生子了。尽管如此，她还是对结婚前喜欢的男人念念不忘，结婚后也经常去他家，和他保持着关系。事实上，那个男人问题很大，为了忘掉那个男人，她通过相亲选择了老实的丈夫，结果好像还是放不下……那个男人是我们公司客户的员工，因为担心会影响交易，我就同意了听她倾诉。这些我对你讲过。在这一点上我没有说谎，只是之前没跟你详细地说。不是因为别的，而是因为你和她的状况几乎一样，我担心你会误解我是在讽刺你——那个画家笹木，你说只是大学时代的朋友，但看到你去画廊时流露出的幸福的表情，还有投向墙上那幅画的热切眼神，我无论如何都不觉得你们只是普通朋友。因为你一次都不曾用那种眼神看过我。当那个女人说'真后悔结了婚'的时候，我好几次觉得那也是你内心真正的想法。所以，前天当她说'终于下定决心分手了，我要回到丈夫和孩子身边。要是怀疑这份决心的话，我会把他房间的钥匙给你，课长你就代替我把它扔了吧'，当我看到她和之前不同的、真正舒畅的笑脸时，我从心底松了口气。我嫉妒你和笹木的关系，听她这么说，我就好像听到你的口中说出自己最终选择了丈夫和孩子的话。因为在听她倾诉的过程中，我在她身上赌上了你的想法——老实说，我也并不是完全没把她当作女人来看。因为我好像在她身上，看到了和你的婚姻生活中没有的、小小的幻梦。只是，当她说要和男人分手，回到丈夫身边时，我意识到这个梦也只是幻觉，真正的梦，应该在婚姻生活中通过你来看见。前天在路上，如果你看我真的笑得十分开心，那是因为我用自己的方式，从笹木先生和她的事情中解放出来了吧——我想，不用我再多写，你也能明白了吧。收到你的钥匙扣，我很高兴。当然，不会用来挂随信附上的这把钥匙，而是挂家里的钥匙。虽然你昨天从银座打来电话说这个钥匙扣是最差劲的礼物，但没那回事。这是正适合结婚纪念日的、最棒的礼物。当然，我准备在出差的地方买礼物带回去，但我希望你能将这把钥匙，和你在四丁目十字路口看到的笑脸，当作我送你的结婚十二周年的礼物。之所以没有马上扔掉她给我的钥匙，是因为我想，如果有机会和你说这件事的话，那时，我希望用你的手来扔掉它。这个机会比想象中来得要早。用你的手，扔掉那个女人多年来的梦具象化而成的钥匙……不知为何，我是这么想的。"

白色的话

白い言葉

女儿的学校打来电话时,佳子正在整理房间。

"直美她,交了白卷……"

班主任困惑地叹了口气,说还有其他明显的奇怪言行,想跟家长谈一次话。

电话挂断后,佳子也没有马上放下听筒。直美像父亲。昨晚丈夫说"这样下去家都不是家,而是收纳间了",并用冰冷的眼神睨着佳子,佳子觉得那眼神和最近直美的眼神一模一样。

进入初三后,直美的确经常露出这种不高兴的表情,还把自己关在房间里,佳子以为是因为学习和考试的压力,就睁一只眼闭一只眼了。

接到学校电话那天,佳子什么也没对女儿说。第二天,周六的下午,佳子说"陪我去买东西吧",硬把女儿带到新宿的商场,在小饭馆聊了些无聊的家常后,佳子说:"虽然和过去比变了好多,不过这个小饭馆,是爸爸和妈妈第一次约会的地方……你上小学的时候,经常问我'为什么会和爸爸结婚呢',你现在已经长大了,我来告诉你。爸爸呀,把妈妈从白纸的泥沼中救了出来哟。"

佳子若无其事地展开了话题。

沉默的女儿停下要切蛋糕的手,用眼神问:白纸?直美尽量不直视母亲,刻意回避了视线。

准确地说,不是白纸,而是白色的便笺。

当时,马上就要三十岁的佳子,还在一家公司上班混日子。那阵子,她的公寓开始收到没有寄信人名字的蹊跷的信。

收信人名字是打印的,信封里只有一张便笺,上面什么字也没有。邮戳上邮局的名字,佳子也没有印象。从梅雨季节开始，到夏天结束，每周有两三封寄来。

用现在的话说，就是无声电话吧。不过无言的白色便笺，比无声电话更有压迫感，即使在酷热的晚上，佳子也紧紧拉着窗帘。

手工漉制的昂贵和纸，比起女人，更能令人联想到皮肤过白的男人。梅雨季节，雨声潮湿，盛夏时节纸上也渗出白色的汗……佳子原本打算把信封原封不动地扔掉，但总想着这次的信也许会有内容。展开的一张纸的空白，就像一个人白色的脸、白色的眼睛。

紧闭的窗帘后，好像有谁在用白色的眼睛整晚监视着自己，佳子感到恐怖。她甚至梦见自己沉入深深的水底，耳边有谁的声音，却始终听不清。

无言的信入侵了整个夜晚。

比极昼还要白得炫目的夜晚，持续了一整个夏天，等到秋风乍起时，那空白的信终于不再出现了。大概是暑热引发的某种犯罪吧。佳子虽这么想，但不安的后遗症像夏天的余热一般，令她还是不太敢打开信箱。

秋意渐浓，堆在抽屉里的几十张便笺却还残留着扰人的光。是本应在染上秋色的季节的角落里结束的夏天，设下了这个白色的陷阱。

最后，佳子拿这些便笺，给久无音信的熟人们写了信。夏天的时候也是，虽然她多次冲动地想要在空白的便笺上胡乱写点东西原路寄回，但因为不知道寄出的地址，她十分困扰。

用文字填满空白，这些就变成了单纯的便笺，佳子松了口气。

寄出的七封信中，只有三人回信了。其中一人是佳子高中时曾短暂交往过的棒球队队员，他用端正的字写着"要不要见个面"。

此人正是如今佳子的丈夫。

也就是说，那些白纸反而给佳子带来了平凡但幸福的婚姻生活，佳子甚至想感谢这场恶作剧的始作俑者。但她想将话题引向女儿的白卷，便说："但是，什么都不写的信，就等于恐吓信哟。"

"那个犯人,是爸爸吧。"直美突然开口道,"他知道妈妈不喜欢扔东西,认为也许有一天你会用那些积攒下来的白纸给自己写信呢……妈妈,你是不是什么都没意识到,就这么写了回信?"

"怎么会……"

结婚十七年来,她一次都没这么想过,那或许是无言的情书……真是丈夫做得出来的迂回策略。

佳子笑得止不住,忽然注意到女儿斜着目光,紧紧地、直直地,盯着半空中的某一点。

在那一点上,浮现出一个男人的脸。

"直美,你,是不是喜欢北泽老师?"

佳子想起那双看上去丝毫不像班主任的、少年一般的眼睛,不禁问道。

归路

帰り道

那个女人来问"您是去京都吗",是在发车前五分钟。

矢崎登上光之号列车,刚在一个窗边的座位上坐下,坐在旁边的女人就开口询问。那是个年龄约三十五、肤色白皙的女人。

"是的,但是您怎么知道?"

"看到您的领带,我就想会不会是……"

女人的视线掠过他的西阵织[1]领带,好像松

---

1 织物名,为日本国宝级的传统工艺品,因其出产于日本京都的西阵地区而得名。

了口气，又好像有些失望似的叹了口气。柔和的眉毛流露出旧时美人的风韵，一身绀色西服套装，与溜肩的柔弱身形不太搭。

矢崎说自己是在出差的归途上，然后问："您呢？"

对这个问题，女人只用渗透在眉际的微笑予以回答，两只手抱着包，从侧脸看去好像在思考着什么。

"还有两分钟就要发车了。送行人员请……"

女人的声音混杂在广播声中："有件事想拜托您。这个……麻烦您交给一个在京都站等着的高个子青年。"

女人从包里取出信封，塞给还犹豫着的矢崎，接着说："啊，还有这个也……"她从脖子上取下一条细细的银色项链，放进没有封口的信封里。

"他应该在下行方向的月台上等着。"

女人说了个正当红的足球选手的名字，说那青年和他长得非常像，经常被人认错，所以应该很好认。

女人的眼神和语气透出走投无路的无可奈何。看到矢崎露出微微不悦，她又说："这个是谢礼。我已经不需要了，还是给别人的好。还剩下三张。"

她把新干线的回数券[1]塞到矢崎的手里。

"有什么原因吗？……您不能直接给他吗？"

"要是见了，就没办法分别了。要是见了面，这一定会是趟没有归路的旅途……所以，我准备了这封信。"

波浪拍上胸口。心跳像秒针一般，催促着女人的声音。

"我想着，要是在发车之前遇到去京都的乘客，就下决心分开……您要是因为不清楚详情而不愿帮我的话，就请读一读这封信吧。对不起，我要下车了。"

女人一口气说了这些话，好像被施了魔法般僵坐了几秒，然后几乎在发车铃声响起的同时站

1　日本的一种折扣车票，适用于同一区间内多次乘车的需求。

了起来。

她连告别的话也没对矢崎说，就像逃跑似的跑掉了。矢崎看着她奔下月台阶梯，那略显消瘦的背影，让他觉得这个女人也许实际上有四十多岁。

一阵热风吹过被雨水濡湿的东京站，一个奇妙的乘客留下件奇妙的东西。还有隐约的香水味——只有一点点，与其说是鼻子闻到的，更像是紧紧粘在矢崎初老的皮肤上的，女人的香味。

这是平凡的主妇和京都的年轻男人发展出的热烈的婚外情吧。回数券诉说着女人已经多次踏上背叛丈夫的旅途。

列车加速，雨滴像子弹一般袭击着窗户。

对矢崎来说，这趟高速列车只是东京出差之行中机械性的一部分，而对那个女人来说，却是全身心地向那京都青年倾倒的热情的速度吧。但是今天，女人在即将投身于这速度时，总算在发车前一刻打消了念头，选择回到丈夫身边……

矢崎临近退休，除了家庭之外没有别的去处，最近常被家人说身上总是一股"老头子味"。西阵织的领带也是女儿们在父亲节时送的礼物。矢崎自顾自地想，或许是这味道让女人想起了自己的家庭，才在这近乎失控的高速前进中踩下了刹车。

但是，肯定不会这么简单地结束吧。空荡荡的邻座上残留的甜香，仿佛凝为女人的影子，踏上了前往京都的旅程……

列车通过阴雨笼罩的滨名湖时，矢崎的好奇心终于溢出了界限，他取出了信封中的信。

"我终于下了决心。因为我已经无法忍受背叛家庭长达一年的自己了。"

——是意料之中的话。

"这一年来，与你见面时，我的心思总是会飘回那个人身边。而回到东京时，你送我的项链又像枷锁一般，将我拉回京都。尽管你是这个世界上唯一理解我的人，我也不能在此说，请你理解这突然的告别。因为这是连我自己也无法理解的结论。我不会再去京都了。是的,'去'京都,不知从什么时候起变成了旅行,现在,东京才是我的容身之处——请原谅我,原谅舍弃了你这个宝贵的儿子、选择了恋情的我。"

初恋

公公弓着消瘦的背,喃喃自语:"这样的出轨是不会被原谅的吧。"

安代做好晚饭去叫他时,听到公公发出这样自言自语似的声音。

狭小的庭院中满溢绿叶,吐出夏日的草叶气息,只有那干枯的背影似乎身处别的季节之中。每每下雨天,七十六岁的公公总是终日坐在走廊上,眺望着庭中的雨。

"爸爸,您知道茂夫出轨的事,是吗?"

安代不禁问道。公公淡淡的视线移向安代的

脸,问:"茂夫,出轨了吗?"

在安代犹豫之际,他好像已经忘记了自己的问题:"我这把老骨头,好像只剩下招蚊子的血了。"说着,想要用干枯树根般的手指笼住靠近的蚊子。

"你有朋友在侦探社吧,能拜托他去调查出轨的事吗?"

"谁出轨,说我吗?别冤枉人哪。"

"你之前也这么说过。"

"……"

"开玩笑啦。想调查的是爸爸的出轨……"

"老爸?老妈已经死了,应该算不上出轨吧。"

"她还活在爸爸心里呢。最近佛坛上妈妈的照片总是被转过去,我正觉得奇怪呢。原来是想对妈妈隐藏自己在想别的女人哪……"

"别的女人是指?"

"说是六十年前在路上擦肩而过的初恋。爸爸今天说,想调查一下那个人现在是不是还活着。那个人是和服店的女儿,店名和那个人的名字他都知道。"

"他不是老年痴呆了吧？"

"说的是呀……"

安代和深夜回家的丈夫坐在餐桌前聊天，但这期间两人的目光一次也没有交会过。安代只是看着丈夫拿啤酒的疲劳的手，就确信丈夫出轨了。

安代的目光从那只手上移开，走到洗手间。她想，要是哭了事情会变得难办，可镜中只映出一张干枯的中年女人的脸。只有越来越急的雨声缠绕在她的四周，好像淋湿了全身。

一周后，侦探社打来电话。

公公的初恋，在五年前就已经撒手人寰。最后，是在儿子、儿媳和孙子的环绕下结束了幸福的一生。听完这些后挂断电话，安代等到傍晚，对今天也在眺望庭中雨水的公公说："您说的那个人，我们试着找过了，但她已经去世了。"

"是吗……那么，前些日子看到的果然是别人了。"

单薄的背影如此回答。

"您看到长得相似的人了吗?"

"嗯,在车站前。"

安代想起,在电话里听说那位女性的家跟他们在同一条私人铁路沿线,心下一动。

"那个人,也许还在世。可能是侦探社的人在说谎……不,也许是茂夫让侦探社的朋友说谎的。"

"那家伙为什么要说这种谎?"

"他觉得爸爸要是也为女人的事而闹腾的话就麻烦了。"安代觉得一定是这样。

但公公说:"不,可能是因为那人和你死去的婆婆长得相像。这段日子,我不管看谁都感觉像你婆婆……拜托你去找的那个女人,叫什么名字来着?"

"说是旧姓石黑,名秋乃。"

"是吗,原来叫这个名字呀。明明前些天才想起来……"

老人用比雨更细的视线追逐着雨丝。

"要不要我给那位初恋的家里打个电话?"

"不，这样就行了。再说，那个人也许并不是我真正的初恋……我有这种感觉。"

安代顺着公公的视线，看向庭院里的雨。

"连她的长相我都忘了。印象中应该是位身着袴[1]的端庄美人，但不知怎么，唯独那张脸是你婆婆年轻时的样子呢……你婆婆也让你吃了不少苦，你应该知道，她那个人，只要自己没被放在第一位就不高兴……终于，连我对初恋的回忆，她都要占领喽……你婆婆就像是我的初恋，是最初的，也是最后的……"

"不过我注意到这一点时已经有点迟了。"公公笑着回头瞥了一眼佛坛，一段长长的沉默之后，又说，"你不用太担心茂夫的事。因为你已经牢牢地抓住了他的心，就像你婆婆抓住我的心一样。"他又像自言自语般嘟囔着。

以前和婆婆吵架时，公公都会站在她这一边。或许正因为他是这样温柔的公公，才在一周前刻

---

[1] 和服中的一种宽松裙裤。

意说出关于初恋的事做铺垫,就是为了今天对安代说这番话。这么想着,在丈夫面前忍住了的泪水,自然地涌了上来。

公公无言的背影在泪水中消融,周围只剩雨滴落的声音。